KB141627

책

덕후

아님

그래도 **출판 편집자로** 산 — 다

책 덕후 아님

정회엽

yeon
doo

차례

작가의 말

이 책을 쓰는 데 예상보다 너무나 오랜 시간이 걸렸습니다. yeondoo의 김유정 대표와 계약서를 작성할 때만 해도 금방 쓰겠다고 호언장담을 했는데 말이죠. 편집자 출신 저자들은 언제나 마감을 잘 지킨다고 듣고 또 겪었습니다. 저역시 그중 하나일 거라 생각했는데 오만이었습니다.

물론 김유정 대표도 제가 뛰어난 편집자라고 생각해서 집필을 의뢰한 것은 아니었을 겁니다. 2019년 초, 『출판문화』(제639호)에 「여전히 좌충우돌하는 15년차 편집자의 고백」이라는 글을 기고한 적이 있는데 그 글을 봤다며 제게 연락해 딱 그 콘셉트로 책을 써달라고 했으니까요. 제가 책까지 쓸 만한 사람인지 모르겠다고 답하긴 했지만, 세상에는 주목받는 책을 펴낸 뛰어난 편집자들의 이야기만 필요한 게 아니라며 저를 격려하고 결국 계약서에 사인까지 하게 만들었습니다.

그때까지만 해도 보통의 편집자로 담담히 내 얘기를 풀어내면 되겠거니 생각했습니다. 마침 『한겨레21』연재를 비롯해 여기저기 기고했던 원고들도 꽤 있었기 때문에 1부는 자기 소개서라고 생각하고 그간의 출판 경험을 간략히 소개하고, 2부에서는 그간 써온 글들을 다듬어 싣는다면 원고를 완성하는 데 그리 오랜 시간이 걸리지 않을 거라 확신했습니다.

하지만 역시 책을 쓰는 건 아무나 할 수 있는 일이 아니었습니다. 구성이나 내용의 충실함을 떠나 한 권 분량의 원고를 쓰는 것, 그것만으로도 높이 평가받을 일임을 깊이 깨달았습니다.

처음에는 '출판사 제안으로 시작하는 것이니 너무 부담 갖지 말고 써 보자, 이 기회가 아니면 언제 책까지 내보겠나' 하는 가벼운 마음으로 시작했습니다. 그러나 사무실에 앉아 하는 일이 주로 '이 책의 주요 독자는 누구인가', '이 책은 왜 내야 하는가' 같은 질문에 답을 찾는 일이다 보니, 그 질문이 제 원고를 향할 때마다 가슴이 답답했습니다. 물론 이런 질문에 대한 답은 출판사의 몫으로 돌리고 나는 어서 원고 분량부터 채우자며 컴퓨터 앞에 앉기도 했지만, 진도는 좀처럼 앞으로 나아가지 못했습니다. 그동안 출판사에서 일해온 15년이 조금 넘는 시간을 처음부터 차근차근 정리해봤지만, '그래서 이걸 누가, 왜 읽어야 하지?' 하는 물음 앞에서 마땅한 답을 찾지 못했습니다.

본문에서 더 이야기하겠지만, 저는 어려서부터 책을 너무나 좋아하고, 그래서 책과 관련된 일을 하고 싶어 찾고 찾다가 출판 편집자가 된 경우가 아닙니다. 그야말로 어쩌다 보니 이 일을 시작하게 되었고, 하다 보니 어느덧 시간이 이렇게 지나버렸지요.

경제적 측면만 놓고 보면 출판계는 그리 권할 만한 동네는 아닌 것 같습니다. 그래서 그런지 이 동네 사람들을 움직이는 동력은 '더 많은 돈을 벌기 위해', '더 높은 자리에 가기 위해'라기보다는 '더 좋은 책을 내기 위해'인 경우가 많습니다. 출판일을 하는 이유도 '책이 좋아서'가 많고요. '좋아서 하는 일'의 세계에서는 그 좋아함의 정도가 바로 경쟁력이었습니다. 어쩌다 보니 이 일을 시작한 저로서는 경쟁력 부족을 실감한 때가 한두 번이 아니었습니다.

그렇다고 제가 책이 싫은데 억지로 일하는 건 아니었습니다. 막연하긴 했지만 분명 좋아하는 편에 속했습니다. 소비자 측면에서 보면 필요하면 사 보는 딱 그 정도였고요. 그런데 이 정도의 마음가짐과 생활습관으로 이 바닥에서 살아가는 건 만만치 않았습니다. '책이 너무 좋아서', '어떡하면 좋은 책을 만들까' 항상 고민하는 그야말로 '책 덕후'들

사이에서 저는 늘 어떤 열등감을 느끼며 지내왔습니다. 그러다 보니 아주 빈번하게 '내가 계속 책을 만들어도 되는 걸까?' 하는 질문에 맞닥뜨렸지요. 물론 그 질문에는 지금도 마땅한 답을 찾지 못하고 있습니다.

'나 같은 사람이 책 만드는 일을 계속해도 되는 걸까?' 하는 질문을 내내 끼고 지내는 내가, 세상의 그 많은 책 가운데 어떤 새로운 책이 있을까 하는 마음으로 이 책까지 찾아 집어든 독자에게 할 수 있는 이야기가 무얼까? 이 질문 앞에서 숨이 턱턱 막혔습니다. 완곡하게 원고를 못 쓰겠다는 의사 표현을 김유정 대표께 전하기도 했지만(너무 완곡해서 전달이 잘 안 되었는지는 모르겠지만), 김 대표께서는 한결같은 믿음으로 계속 응원해주셨습니다. 그 과정에서 또 한번 배웠습니다. '아, 저게 편집자의 역할이구나. 책을 쓰는 사람이 책 쓰는 것을 포기하지 못하도록 하는 것!'

덕분에 마음을 다잡고 이 글을 시작합니다. 무슨 얘기를 할지 다시 곰곰이 생각해봤습니다. 그래서 얻은 결론은 이렇습니다. '나 같은 사람이 계속 책을 만들어도 되는 걸까?' 하는 생각 속에서도 어떻게 내가 15년이 넘는 시간 출판 편집자로 지낼 수 있었는지, 그 이야기를 해보자고 말이죠. 그간의 시간을 되짚어보니 여섯 번 정도 '구체적으로' 이 일을 그만둬야겠다고 생각한 때가 있었더군요. 어림잡아

2~3년에 한 번씩은 그 생각을 '심각하게' 해온 셈이죠. 그 과정에서 회사를 옮기기도 하고, 회사 안에서의 기대나 역할을 바꿔보기도 하면서 '버텨'왔던 걸 발견했습니다. 이 이야기라면 책 이야기나 편집자 이야기를 꺼내놓을 때 밀려드는 부끄러움을 조금은 피해갈 수 있지 않을까 싶습니다. 또 이런 제 이야기가 '내가 이거 해서 뭐하나, 다 때려치고 싶다'는 생각이 불쑥불쑥 찾아오는 생활인들께 조금은 위안이 될 수 있지 않을까 하는 생각도 들고요.

글이라는 게 참 신기합니다. 모든 종류의 글이 그런지는 모르겠지만, 적어도 에세이의 범주에 드는 글은 분명 그렇습니다. 신기하게도 글을 쓰고 나면 좀 더 잘 살아야겠다는 마음이 생기거든요. 글과 글 쓰는 이의 삶이 분리될 수 없기 때문이겠지요. 소중한 기회를 주신 yeondoo 김유정 대표님께 다시 한번 깊은 감사의 말씀을 드립니다.

그리고 세상의 그 많은 책 중에서도 바로 이 책을 선택해 이 순간 이 문장을 읽고 있는 독자님, 감사합니다. 한동안 하나의 책이 한 명의 독자를 만나는 것이 필연이라고 믿어왔습니다. 그 필연의 공식을 찾는 게 출판사의 할 일이라 생각했고요. 하지만 요새는 우연도 이런 우연이 없구나 하는 생각을 합니다. 그렇게 여러 우연이 겹쳐야 하나의 책이 한 명의 독자에게 가닿는다고 생각하니, 이것이야말로 기

적이구나 싶기도 하고요. 기적을 완성해주신 독자님들께
다시 한번 깊이 감사드립니다. 책에 실린 제 삶의 작은 조각
들이 부디 독자님의 삶에도 도움이 되길 바랍니다.

○ 1부 | 이력서 혹은 자기 소개서

출판 편집자를 꿈꿔본 적은 없었어

처음부터 출판 편집자가 되려는 생각은 없었다. 아니 출판 편집자라는 직업을 자각하게 된 것 자체가 출판 일을 시작하고 나서부터라고 이야기하는 게 더 정확할 것이다.

출판계에 첫발을 내딛은 2005년, 나는 이른바 '언론고시'라 불리는 언론사 입사 준비를 하고 있었다. 대학교 4학년 때인 2002년 여름방학 즈음 방향을 정하고 스터디도 하고 지원서도 쓰기 시작했으니, 3년 이상 '언시생' 타이틀로 지내고 있을 때였다. 정확하게는 2004년 한 해 KIPA디렉터스쿨이라는 국비 교육 기관에서 독립 프로덕션 PD가 되는 교육을 받았기 때문에(그리고 이를 통해 좋은 프로덕션에 취업하기도 했지만, 방송국에 납품하는 외주사 말단 직원의 신세에서 오는 어떤 서러움 때문에 '더러워서 내가 방송국 정규직 되고 만다'며 퇴사하고 방송국 입사 준비로 돌아섰다) 3년 내리 언시생으로 지낸 것은 아니지만, 어쨌든 이제 백수 생활을 청산하고 안정된 직장에 들어가야겠다는 생각이 들던 때였다. 그래서 2005년 여름 즈음부터는 방송국 입사 공고 외에 일반 기업 채용 공고들도 살펴보기 시작했다. 스물일곱 살이었는데 지금 생각하면 뭐가 그리 조급했나 싶지만, 당시에는 무조건 스물여덟 살부터는 경제적 독립을 이루겠다는 강박 같은 게 있었다.

하지만 일반 기업 채용 공고 안에서는 내가 할 수 있을 것 같은 일이 잘 보이지 않았다. 문과 대학 출신, 그것도 철학 전공 출신이었던 내가 대학 때 경험을 살려 할 수 있겠다 싶은 분야를 일반 기업 채용 공고에서 발견하는 건 쉬운 일이 아니었다. 그러다 발견한 게 '출판 편집' 분야였다. 처음 그 분야를 확인한 건 두산 그룹 공고였다. 잡지와 학습서 등의 출판 사업도 하고 있었기 때문에 그룹 공채 공고에 출판 분야가 있었던 것이다. "그래, 이건 할 수 있겠어!" 부푼 마음으로 지원했으나, 결과는 서류 전형에서부터 낙방이었다.

그리고 몇 달 후 두 번째 발견한 출판 편집 직군이 있는 공채 공고가 바로 웅진 그룹 공고였다. 채용 분야의 정확한 명칭은 '편집 개발'이었는데 웅진씽크빅의 편집개발본부 인력을 뽑는 것이었다. 이 편집개발본부는 우리가 서점에서 흔히 보는 단행본을 만드는 곳이 아니라 학습지와 전집을 개발하는 조직이었다는 사실도 입사 지원 후에 알았을 정도로 당시 나는 출판업계에 대해 아는 게 없었다. 아무튼

운 좋게 입사에 성공, 2005년 12월부터는 웅진 배지를 달고 회사 생활을 시작했다. (아주 짧기는 했지만 양복 정장 깃에 회사 배지 달고 출근하던 시절이 있었다.) 어쨌든 그 덕에 '스물여덟 살부터는 경제적 독립을 이룬다'는 목표를 달성할 수 있었다.

물론 합격하고 난 후에도 출판 편집자가 뭐하는 사람인지는 몰랐다. 그저 남들이 이름을 알 만한 큰 회사에서, 그것도 '내가 할 수 있을 것 같은 일'을 하게 된 것에 감사하며, 이제부터 잘 배워보자 마음먹을 뿐이었다.

2005년 12월, 웅진 그룹의 신입 공채 연수를 위해 집을 떠날 때까지만 해도 사실 내 마음은 반반이었다. 그해 주요 방송국 공채 시험에서 떨어지기는 했지만, 마지막 한 곳(EBS)이 남아 있었고 그곳의 필기시험까지 보고 결과를 기다리고 있었기 때문이다. 필기시험 결과 발표날 연수원 숙소 로비에 있는 공용 컴퓨터로 몰래(당시만 해도 스마트폰 시절이 아니어서 핸드폰으로 인터넷을 사용하는 건 아주 힘든 일이었다) 발표 결과를 확인했다. '합격'이었다. 면접일은 이틀 앞이었고, 그 면접을 보기 위해서는 연수원에서 나와야만 했다.

조금 고민하기는 했지만, 결국 연수원에 남았다. 며칠 동안의 연수를 통해 '회사뽕'을 제대로 맞은 결과였다. 애초 관심을 둔 언론계라는 곳이 내게는 무언가를 생산하는 이미지보다는 생산된 것에 대해 비판하는 이미지가 강했는데 그런 지속적인 비판자의 스탠스에 좀 질리기도 한 터였다. 원래 기자 지망생이었던 내가 PD 지망생으로 방향을 바꾼 것도 기자보다는 PD가 그런 비판자의 스탠스에서 상대적으로 좀 더 비껴나 있다고 느꼈기 때문이었는데 일반 기업의 세뇌(?)를 받다 보니 '이 사회를 위해 무언가 상품을 생산해내는 이곳이야말로 더 중요한 일을 하는 곳 아닌가' 하는 생각이 든 것이다.

당시 웅진에서 신입 사원들에게 필독서로 권한 『좋은 기업을 넘어 위대한 기업으로』도 한몫했다. 대학 시절 내내 이른바 '운동권' 주변을 배회하며 자본주의에 대한 비판 정신을 키워갔던 내게 '기업'은 비판의 대상일 뿐이었다. 그런데 이 책을 읽으면서, 그리고 웅진 그룹의 신입 사원 연수를 겪으면서, '기업 역시 세상을 더 낫게 만들고자 하는 열망으로 굴러갈 수 있구나' 하는 생각을 하게 된 것이다.

여기서 잠깐, 대학 시절 이야기도 조금 소개할 필요가 있겠다. 어떤 직업을 갖기 위해 어떤 대학에 가고, 또 어떤 준비를 해야 하는지가 궁금한 독자도 있을 테니까. 물론 내가 모델로는 적절치 않음을 염두에 두고 참고만 하시길.

대학은 인문학부로 진학했다. 철학, 한국사, 동양사, 서양사, 사회학, 심리학, 언어학 전공이 함께 묶인 곳이었다. 초등학교 졸업 문집 장래희망 코너에 철학자가 되겠다고 써서 작은 파문(?)을 일으키기도 했고, 고2 때는 심리학과, 고3 때는 사회학과가 희망 학과였던 내게 딱 맞는 구성이었다. 부모님은 줄곧 법학과를 바라셨고, 나 역시 중학교 때부터 고등학교 1학년 때까지는 '인권 변호사를 거쳐 대통령이 되겠다'는 맹랑한 꿈을 갖고 있어 법학과 진학을 원했으나, 어느 순간부터 학자가 그것도 인문사회 분야의 학자가 멋있어 보이기 시작했다. 졸업 후를 걱정하면서 마지막까지도 경영학과(당시 내 성적으로 같은 대학의 법학과는 무리였고 경영학과는 가능성이 있었다)를 권하셨던 어머께 '인문학부 가서 고시 공부하듯 공부하면 그게 더 경쟁력 있다'며 결국 인문학부에 지원하고 합격했지만, 공부는 웬걸, 술 마시며 노는 데 가장 많은 시간을 보냈다.

대학 생활을 돌이켜보면 학교 수업도 흥미로웠고 대단해 보이는 교수님도 많았지만, 학교 수업 외에 학생들끼리 진행하는 학회나 세미나를 통해 함께 책 읽고 이야기 나누던 것이 유독 기억에 많이 남는다. 도서관에서 공부하던 시간은 시험 공부를 위한 것보다 학회 발제 준비를 위한 것이 더 많았다. 수업 시간에 배운 것보다는 수업 바깥의 이런 자발적 공부 모임을 통해 얻은 것들이 결과적으로 출판 편집자 생활에 음으로 양으로 도움을 준 게 아닐까 종종 생각한다.

그런 여러 모임 중에서 출판 편집자 생활에 가장 큰 영향을 준 건 '인문고전강독반(인강반)'이라고 불렀던 인문학 학회다. 학과 경계를 넘어 문과대 전반에 걸쳐 학부생부터 대학원생까지 두루 섞인 그 모임에서 플라톤부터 하이데거까지 철학의 고전들을 머리 싸매고 함께 읽었다(물론 세미나가 끝나고 나서는 그보다 더 긴 시간을 소주잔을 기울이며 세상의 모든 문제를 논했다). 주로 국문으로 번역된 책을 함께 읽었지만, 몇몇 선배는 희랍어나 독일어 등의 원문과 대조하며 읽기도 했다. 그러면서 번역의 문제점을 짚어 이야기하기도 하고 판별 특징에 관해 이야기하기도 했는데 그때 태어나 처음으로 '책이 잘못될 수도 있구나, 책이라고 다 믿어서는 안 되는구나, 최초 필자의 메시지가 여러 명의 손을 거쳐 우리에게 다가오는구나' 하는 생각들을 하게 되었다.

그렇게 학자의 꿈을 키우던 내가 돌연 취업으로 방향을 전환하게 된 데에는 양동근, 이나영 주연의 〈네 멋대로 해라〉라는 드라마가 결정적인 역할을 했다. 양동근(극중 고복수)과 이나영(극중 전경)이 택시 안에서 주고받는 대화였던 것으로 기억한다. 양동근이 뇌종양에 대한 수술을 받기로 결정하고 그 수술 받다가 죽을 수도 있다며 걱정하니까 이나영이 그 전에 밥 먹다 체해서 먼저 죽을 수도 있다고 응수하는 장면이었다. 순간 머리가 띵 했다. 마침 하이데거의 『존재와 시간』을 읽던 시절이었다. 왠지 하이데거보다 이 드라마가 죽음과 존재와 시간에 대해 더 잘 설명하고 있다는 느낌이 들었다. 인문학을 계속 공부하고 싶다는 마음은 사실 '인생의 진리를 깨닫고 싶다'는 생각에서 비롯되었다. 그때야 비로소 '인생의 진리는 상아탑 안에서만 찾을 수 있는 게 아니구나' 하는 생각이 든 것이다.

지금 돌이켜보면 무척 부끄럽지만, 당시의 나는 '열심히 공부하면 진리를 깨달을 수 있고, 그렇게 진리를 깨달아 플라톤이나 아리스토텔레스, 칸트나 헤겔 같은 대학자가 되겠다'는 포부를 가지고 있었다. 그래서 대학원 진학을 준비하며 앞서 말한 '인강반' 같은 활동도 하고 그랬던 것이다. 그런데 대학원생 선배들을 가까이서 보고 함께 지내며, 어쩌면 대학원이라는 곳이 내가 상상하던 것과 다를 수도 있겠다는 생각이 커진 터에 갑자기 '하이데거보다 인정옥(〈네 멋대로 해라〉의 작가)'이라는 구호까지 머릿속에 자리 잡고 나니 대학원 진학에 대한 미련이 사라지고 말았다.

그렇게 '진리는 상아탑이 아니라 일상에 있다'는 나름의 개똥 철학을 바탕으로 진로를 진학에서 취업으로 바꿨다. 그

중에서도 기자(나중에는 시사 교양 PD)가 되어야겠다고 생각했는데 당시 인문 사회 분야 학생들이 가장 선망하던 직업이기도 했지만, '사람들의 다양한 일상을 접하면서 월급도 받는 일'이라는 나름의 이유에서였다. 한 20년 그런 자리에서 '삶'을 연구하다 보면 진리에 더 가까워지지 않을까 기대하면서.

요약하자면 인문 사회 분야의 석학이 되겠다며 대학을 인문학부로 진학해서 대학 4년은 주로 대학원 진학을 상정하고 보냈고, 졸업을 앞두고 언론사 지망생이 되어 졸업 후 3년 가까이 취업 준비생으로 지내다가 웅진 그룹의 '편집 개발' 직군 신입 사원으로 채용되면서 우연에 가깝게 출판 편집자로서의 삶을 시작하게 된 것이다.

그래서 출판 편집자가 되기 위해 무언가를 따로 준비한 적은 없다. 출판 편집자라는 직업도 명확히 인지하지 못하고 있었는데 무슨 준비를 할 수 있었겠는가. 다만 대학 시절 내내 인문 사회 분야 학문 동향에 관심을 갖고 있었고, 언론사 취업 준비를 위해 2~3년간 시사 문제에 대해 관심을 기울이고 논술과 작문 등의 글쓰기 훈련을 집중적으로 했던 것은 결과적으로 편집자 생활에 큰 도움이 되었다. 어쩌면 너무나 뻔한 팁이 될지도 모르겠다. 책 많이 읽고, 글 많이 써보라는….

즐거웠던 직장 생활 그리고 첫 번째 위기

웅진 그룹 차원의 연수가 끝나자 웅진씽크빅 차원의 연수가 이어졌다. 하지만 편집자로서의 교육이라기보다는 학습지, 전집 등을 주요 사업으로 하는 교육 기업의 신입 사원에게 필요한 내용 위주였다. 그렇게 도합 두 달 가까웠던 연수 기간이 끝나고 드디어 발령이 났다. 한자 학습지를 개발하는 팀으로 발령을 받아 본격적으로 일을 시작했다.

주어진 임무는 초등 4~5학년 대상 씽크빅 한자 D단계와 초등 5~6학년 대상 씽크빅 한자 E단계 개발이었다. 팀장 포함 다섯 명으로 구성된 팀은 일주일에 두 권씩 책을 냈고 1년 남짓 동안 주간 학습지 두 단계(52호씩 두 단계, 총 104호, 쓰기책 등 부록 제외) 개발을 완료했다. 매주 두 권을 네 명(팀장 제외, 팀장은 각 권 OK교와 팀 운영 중심으로)이서 나눴으니 한 명당 두 주에 한 권씩 내는 일정이었고, 나 역시 이 일정을 소화했다. 한 권당 6~7주의 공정이 필요했고, 중간중간 다른 팀원의 진행 분을 크로스 체크하고 다음 호 관련 준비를 하는 등 톱니바퀴 돌아가듯 딱딱 맞게 운용되었다. 이때 느낀 것이 바로 시스템의 힘인데, 어느 정도의 신입 사원을 뽑아 놓으면 3~4개월 만에 그 시스템이 돌아가는 데 무리 없게 적응할 수 있었다. 덕분에 나역시 여름이 찾아오기 전에 그 프로세스에 거의 적응을 마칠 수 있었다.

구체적으로 소개하자면 "개발 콘셉트에 맞게 원고 발주하기→입고된 원고 검토해 수정 요청하기→수정된 원고 바탕으로 원고 확정하기→확정된 원고 바탕으로 그림 발주하기→그림 관련 피드백하기→교정 교열하기→필름 검판하기"의 기본 프로세스 진행과 쉬어가는 코너인 학습 만화, 칼럼 등의 원고 수급과 조율 등이 주된 업무였다. D단계는 편집방향이 확정된 후 참여하게 되어 짜여진 틀에서 실무만 하면 됐지만, E단계의 경우에는 샘플북 제작부터 참여해 고객 설문 조사 등을 통해 편집 방향을 확정하고 진행하는 경험도 했다. 각호가 30쪽 내외의 분량이긴 했지만, 2주에 한권씩 안정적으로 필름을 넘기는 프로세스를 익히면서 출판과정에 대해 어느 정도 이해하게 되었고, 일정 관리에 대한노하우도 얻을 수 있었다. 그야말로 편집자로 훈련받는 최적의 조건이었다.

그러면서 동시에 서울북인스티튜트^{SBI}에서 편집자 입문 과정, 교정 교열 과정 등의 기초 교육을 받았다. SBI는 한국

출판인회의에서 만든 출판 관련 교육 기관인데, 이제는 그 위상이 공고해져 많은 이가 출판계 입문을 위해 꼭 거쳐야 할 코스로 여긴다. 회사 지원으로 입사 동기들과 함께 들었던 이 과정, 특히 편집자 입문 과정이 내게는 또 하나의 자극이 되었다. 한국출판인회의 주요 구성원의 면면에서도 그렇고, SBI의 설립 취지도 그렇고, 아무래도 학습물이나 전집과 같은 대형 기획보다는 단행본 중심으로 교육이 진행되었는데 주로 주요 단행본 출판사 대표들이 특강을 하는 식으로 진행됐다. 당시 담임을 맡았던 마음산책 정은숙 대표뿐 아니라 휴머니스트 김학원 대표, 바다출판사 김인호 대표, 그린비 유재건 대표의 이야기가 무척 인상 깊었다. 이들의 이야기를 듣다 보면 나도 모르게 가슴이 뜨거워지고는 했는데 세상을 향해 자신이 하고자 하는 어떤 이야기를 끊임없이 던지고 있다는 느낌에서였다. 이들의 이야기를 들으면서 출판사의 역할이 언론사의 역할과 별로 다르지 않고, 편집자의 역할이 기자나 PD의 역할과 크게 다르지 않다고 느끼기도 했다. 그러면서 바로 반년 전에 정리했던 PD가 되고 싶은 마음이 다시 스멀스멀 올라오기 시작했다. 물론 다시 언론사 입사 준비를 해야겠다는 마음은 아니었다. 이왕이면 성인을 대상으로 한 교양도서, 인문사회도서의 편집자가 되고 싶다는 마음이 생겨났다는 것이다.

아무튼 그렇게 신입 사원으로 잘 훈련받으면서 신나게 회사 생활을 했다. 학습지 파트는 워낙 시스템이 안정적으로 구축되었기 때문에 야근할 일도 별로 없었다. 이 시절에는 소개팅도 열심히 하고, 독서 모임 같은 것도 하면서 나름 알차게 사회 초년생 시절을 보냈다.

이 시절 소개팅을 생각하면 참 재미있는 게 좋은 친구들 덕분에 내가 말한 대로 척척 그에 맞는 상대가 나와 곤란(?)했다는 것이다. 처음에 "예쁘면 되지 뭐" 했더니, 정말 객관적으로 예쁜 외모의 상대가 나왔다. 그런데 막상 만나고 나니 내가 기대했던 예쁨과는 거리가 있는 거다. 다음 소개팅 기회가 왔을 때는 "예쁘면 좋은데, 그러면서 조금 지적인 느낌도 함께 있으면 좋겠어"라고 얘기했다. 그랬더니 정말로 예쁘다고도 할 수 있고, 지적이라고도 할 수 있는 상대가 나왔다. 하지만 이번에도 지난번과 마찬가지로 딱 맞는 느낌은 아니었다. 지적인 것에도 다양한 장르가 있구나 싶었다. 그래서 다음에는 이렇게 말했다. "예쁘고 지적인데, 너무 바른 느낌 말고…" 그랬더니 예쁘고 지적이고 조금 어두운 느낌의 상대가 나왔다. 그래서 잘 됐냐고? 그 다음 난 또 이렇게 말하고 있었다. "예쁘고 지적인데, 살짝 삐딱한 느낌이 있고, 그런데 근본적으로는 긍정의 에너지가 느껴지는…" 그러다 '다 부질 없구나' 하는 나름의 깨달음을 얻었다. 한편으로는 내 언어가 가진 한계랄까 그런 걸 느끼기도 했고….

독서 모임은 언론사 시험 준비할 때 스터디에서 만난 마음 맞는 친구들과 함께 시작했다. 다들 언론사가 아닌 곳에서 사회 생활을 출발하게 되었는데 스터디를 정말 재밌고 알차게 해서 미련이 남았다고 할까. 멤버를 몇 더 모아서 함께 읽을 책을 정하고 2주에 한번씩 만날 때 독후감도 써와서 서로 함께 읽고 이야기 나누고 하는 모임을 한동안 했는데 이 모임이 즐거울수록 이왕 책 만드는 거 내가 독자이기도 한 책을 만들면 좋겠다는 생각이 찾아들었다.

입사 10개월쯤 되었을까. 일종의 슬럼프라면 슬럼프라는 게 찾아왔다. 이런 눈치를 챘는지, 다른 팀의 한 선배는 자신이 참여하던 어린이책 편집자 모임에 나를 데리고 가기도 했다. 어린이책 편집자로서의 낭만, 보람 이런 것들을 나누고 싶었던 것 같다. 이런 선배가 있다는 게 얼마나 고마운 일인지 깨달은 건 이보다 한참이 지나고 나서였는데 그래서 정작 그 선배에게 감사의 마음조차 제대로 전하지 못한 것 같다. (많이 늦었지만, 감사합니다!) 그 모임에서는 어린이책 분야의 멋진 편집자, 작가를 여럿 만날 수 있었다. 그런데 이 역시 역효과가 있었다. 여기서 만난 이들이 주로 어린이 단행본 쪽에서 일하는 분들이다 보니 초등 학습물 편집자의 갈증은 오히려 더 심해지고 만 것이다.

그렇게 '단행본 편집자가 되고 싶다'라는 마음이 커가긴 했지만, 동시에 '지금 하는 일을 더 잘하고 싶다'는 마음도 생겼다. 당시 함께 일하던 같은 팀 선배들은 모두 아이를 키우는 입장이었는데 그러다 보니 점심식사 때면 늘 아이 키우는 이야기가 중심 화제였다. 종종 그런 이야기는 콘텐츠 개발과도 관련 있게 느껴졌다. 우리가 개발하는 상품의 대상 독자, 대상 소비자와 완벽히 겹치는 그들을 보며 '성인 단행본이나 즐겨 보는 싱글 남성인 나는 경쟁력이 없는 게 아닐까' 하는 생각이 찾아들었다. 지금 생각해보면 참 조급하고 시건방졌구나 싶다. 이제 겨우 1년 차 편집자인 상황에서 주변의 선배들을 보며 '난 아이가 없어 저들을 뛰어넘을 수 없겠구나' 뭐 이런 생각이나 하고 있었다니….

아무튼 그때 '뭐라도 해보자' 하고 준비한 게 교육대학원 진학이었다. 명분은 교육학과 철학을 더 공부한다는 것이었다. 입사 지원서를 쓸 무렵 그렇게 쓸모없어 보인 게 내 전공인 '철학'이었는데 막상 입사하고 나니 '철학과 나왔다'는 것을 높이 사주는 분위기가 있었다. 물론 그런 반응을 보인 분들이 주로 에디터나 디자이너기는 했지만, 어쨌든. "오, 철학과 나왔어요? 나도 철학 좀 공부하고 싶은데…" 이런 얘기를 몇 번 듣고 나니 학교 때 소홀히 했던 철학 공부를 이제라도 좀 더 해야겠다는 생각이 들었다. 그리고 '교육 기업'에서 더 잘 성장하기 위해, '교육 콘텐츠'를 더 잘 개발하기 위해 교육학 공부를 제대로 해보면 좋겠단 생각도 들었다. 교육학과 철학 이 둘을 동시에 그것도 퇴근 후에 공부할 수 있는 곳이 교육대학원(윤리 교육 전공)이었다. 학비가 부담스럽긴 하지만, 달리 쓰는 돈도 많지 않아 그 정도는 감당할 수 있었고 석사 학위와 교사 자격증도 덤으로 얻을 수 있으니 그 정도 비용은 지급할 만했다.

이때만 해도 퇴사는 상상할 수 없었다. 신입 사원 연수 때 교육을 잘 받아서 그런지 몰라도 웅진 그룹에 대한 신뢰가 워낙 컸고, 일반 단행본 신입 편집자에 비해 명백히 좋은 급여와 근무 환경이 있었기 때문이다. 단행본 편집자로의 관심이 커지긴 했지만, 그래도 지금 하는 일을 더 잘해보자는 마음을 갖고 대학원까지 진학하게 된 배경에는 이런 현실적 부분도 있었다.

하지만 슬럼프와 함께 찾아온 달뜬 마음은 쉬이 가라앉지 않았다. 그러다 '웅진 안에서 단행본 일을 할 수 있다면?' 하는 데 생각이 미쳤다. 웅진씽크빅 안에는 단행본 사업부가 따로 있었고 거기에는 웅진주니어, 리더스북 등 여러 브랜드가 있었다. 웅진의 여러 브랜드 중 세련된 인문교양서를 내는 웅진지식하우스가 눈에 들어왔다. 사내 주소록에서 웅진지식하우스 책임자로 보이는 분에게 메일을 보냈다. 그 메일에 한번 만나자는 답장이 돌아왔고, 그렇게 그분과 만나 이런저런 이야기를 나눌 수 있었다. 그때 들은 이야기 중에 아직도 기억에 남는 것이 '장기간 하나의 프로젝트에 집중하는 대형 기획물 편집자와 달리 단행본 편집자는 여러 프로젝트를 동시에 돌릴 수밖에 없다고, 자신의 머리에도 현재 15~20개의 프로젝트가 돌아가고 있다'고 한 이야기다. 학습지나 전집 편집자와 단행본 편집자의 중요한 차이였다.

즐겁게 이야기를 나누고 헤어졌지만, 내가 소속을 옮겨서 일하는 것까지 이어지지는 않았다. 그도 그럴 것이, 그렇게 큰 회사의 인사가 신입 사원이 자기가 옮겨가고 싶은 부서의 책임자에게 메일 한번 썼다고 이루어질 수 있겠는가. 지금 되돌아보면 당시에 내 상사들이 알았다면 얼마나 불쾌했을까 하는 생각이 앞선다.

단행본 편집자가 되고 싶은 마음을 교육대학원 진학으로 달래면서 겨울을 날 즈음, 초등 고학년 대상으로 한 한자 학습지 개발이 마무리되고, 나는 유아 대상 국어 학습지 리뉴얼 프로젝트에 투입되었다. 눈앞에 일의 실체가 보이는 개발 단계와 달리 기획 단계는 무척 막막했다. 더군다나 유아 대상이라니… 급격히 흥미를 잃기 시작했다. 그와 동시에 성인 단행본 편집자가 되고 싶다는 마음이 폭주하기 시작했다. 그리고 틈나는 대로 북에디터 사이트(bookeditor.org)의 구인 구직 게시판을 확인하게 되었다.

고급 독자의 삶

"고급 독자로서의 삶을 왜 포기하려고 하세요?"

SBI에서 편집자 입문 과정을 듣던 시절, 수강생 중에 금융업계 종사자가 있었다. 출판업계와 비교할 수 없는 고소득의 금융업계! 은행에 다니던 그분은 여가 시간에 즐기는 독서가 너무나도 좋아서 그 좋아하는 책을 직접 만드는 출판편집자가 되고 싶어졌다고 했다. 사연을 들은 그날의 강사(그 역시 어느 출판사 대표였을 것이다)가 보였던 반응 "그 좋은 고급독자로서의 삶을 왜 포기하려고 하세요?" 이 한마디는 내가 '출판과 일'이라는 주제를 떠올릴 때면 늘 가장 먼저 떠오르는 문장이다.

책 읽는 것을 좋아하는 편이긴 했지만, 막상 출판사 직원이 되고 난 후에는 일 때문에 읽는 책들에 치여 여가로 책 읽는 재미를 한동안 모르고 살았다. 도서관에 종종 가는 편이긴 하지만, 그냥 내가 읽고 싶은 책을 찾기보다는 자료를 찾으러 간다고 볼 수밖에 없다. 아무 생각 없이 가도 어느

새 진행하는 책들과 관련 있는 책만 찾아보는 나를 발견한다. 그래서 '고급 독자로서의 삶'은 늘 가슴 한쪽에 두고 지내는 장래 희망이기도 하다.

아주 예전에 봤던 〈와니와 준하〉라는 영화에서 김희선이 연기한 와니라는 인물이 종종 떠오른다. 그는 동화부 애니메이터로 오래 일했는데 어느 날 그에게 원화부에서 일할 기회가 찾아온다. 그림 그리는 걸 너무나 좋아했던 그이기에 고심을 거듭하지만, 끝내 그 제안을 거절한다. 너무나 좋아하는 걸 일로 하고 싶지는 않다며 말이다. 혹시 책 읽는 걸 너무 좋아하신다면 책 '읽는' 걸 충분히 즐기시길 바란다. 책 만들다 책 읽는 재미마저 잃어버릴 수 있으니.

나는 책을 좋아하는가? 좋아한다면 읽는 걸 좋아하는 것인가, 만드는 걸 좋아하는 것인가? 일이 손에 잡히지 않을 때면 종종 빠지는 이 질문의 늪 속에서 언젠가 이런 생각에 이른 적이 있다. 책 읽는 것도 좋고, 책 만드는 것도 좋긴 한데, 어쩌면 내가 정말 좋아하는 건 책 동네 사람들과 함께 지내는 것 아닐까 하는.

파주에서의 새로운 생활

2007년 3월. 많은 것이 새롭게 시작되는 시기였다. 일단 나는 교육대학원에 합격해 일주일에 세 번 퇴근 후 등교했다. 그리고 대학로(편집개발본부)와 종로4가(본사)에 있던 웅진씽크빅이 파주출판도시에 새로 마련된 신사옥으로 이전했다.(이때 종로4가에 있던 단행본부는 편집개발본부(전집·학습지)가 사용하던 대학로 사옥으로 이전했다.)

대학로 짐을 정리하고, 파주에 첫 출근해 짐을 정리하던 바로 그날. 나는 양복 정장을 입고 출근했다. 편집개발본부는 평소에도 캐쥬얼하게 입고 일했고, 더구나 짐 정리가 주된 업무인 그날 정장을 입고 출근하는 건 누가 봐도 어색했다. 나는 퇴근 후에 일이 있어서 그랬다고 대충 둘러댔는데 정작 일은 출근 전에 있었다.

전날 싸놓은 대학로의 짐을 아침에 이사업체에서 파주로 옮겨야 이후에 각자가 짐을 정리할 수 있었기 때문에 그날 출근 시간은 통상의 9시보다 한두 시간 정도 늦었다. 그리고 나는 그 시간에 파주에 있는 다른 출판사에서 면접을 보고 온 것이다. 바로 내 두 번째 출판사 살림출판사에서.

한자 학습지 개발이 끝나가고 새로운 프로젝트를 준비하던 2007년 초, 습관처럼 북에디터에서 구인 공고를 보던 내 눈에 인문 사회 분야의 편집자를 찾는 곳이 두세 군데 들어왔다. 그중 살림출판사가 가장 채용 일정이 빠르기도 했고 또 마음에 들기도 했다. 2년 차 이상의 실무자를 뽑는 공고였는데 나는 일반 단행본 경험은 없었고, 학습지 경험도 이제 1년을 넘긴 지 얼마 되지 않는 상태였다. 하지만 밑져야 본전이라는 생각으로 지원서를 보냈고, 면접 일정을 잡자는 연락을 받을 수 있었다.

모든 경우가 그런 것은 아니겠지만, 출판사 구인 공고에서 경력 기준에 너무 주눅들 필요는 없다. 단행본 출판사들은 거의 다 규모가 크지 않기 때문에 자체적으로 신입 사원을 교육할 프로그램을 갖고 있지 않다. 그러다 보니 자신 있게 신입 사원을 채용할 수 없는 편이고, 주로 '경력 2년 이상' 이라는 조건으로 채용 공고를 많이 낸다. 내 경험상 이 '경력 2년 이상'은 '당장 실무에 투입할 수 있는' 정도의 의미로 해석하면 충분하다. 실제 회사 경력은 없더라도 이런저런 교육 기관에서 출판 실무를 경험했거나 독립 출판 경험이 있거나 아니면 일을 배우는 속도가 빠르거나 눈치가 좋거나 해서 특별한 교육 없이 당장 편집 실무를 소화할 수 있다면 충분히 가능성이 있으니 도전해봐도 좋을 것이다.

참고로 '경력 2년 이상'이 시키는 일을 잘 이해해 진행할 수 있는 정도라면, '경력 4~5년 이상'은 시키지 않는 일도 알아서 잘 할 수 있는, 즉 기획 업무까지 주도적으로 할 수 있는 사람을 뜻할 거라 유추할 수 있다. 성장 속도가 빠른 사람이라면 2~3년 경력으로도 이 수준에 이를 수 있을 테니 참고가 되길 바란다.

"지원서 잘 보았습니다. 면접을 보고 싶은데요. 파주에 있는 저희 사옥으로 면접을 보러 올 수 있을지요?"

마침 얼마 후부터 파주 출근이었고, 더구나 출근 첫날은 오전 시간이 비니 딱 그 시간에 면접을 보면 됐다. 그렇게 면접 일정을 잡고 두근대는 마음으로 면접을 준비했다. 특별히 준비할 수 있는 건 없었다. 그 출판사에서 나온 책들을 살펴보면서 나 나름의 출판사 상을 잡는 정도? 정작 가장 큰 걱정은 복장이었다. 그래도 입사 면접인데, 정장 차림이 필요한 것 아닌가 하는 마음에 넥타이까지 맨 정장 차림으로 파주 살림출판사 사옥 앞에 이르렀다.

그런데 파주출판도시에서는 정장 차림의 사람이 눈에 확

띈다. 정장 차림의 사람이 거의 없기 때문이다. 그게 입사 면접이라 할지라도 말이다. 아무튼 잔뜩 긴장한 마음으로 면접을 보고 나왔다. 그러고 나서 웅진 신사옥에 도착해서야 이삿날 참으로 어울리지 않는 복장을 하고 왔구나 깨달았다. 나중에 퇴사 인사하러 다닐 때 옆 팀의 한 선배가 웃으며 말했다. "이사하는 날 면접 본 거 맞죠? 어쩐지⋯ 왜 정장 입고 왔나 했네." 초심자의 어설픔이 두루두루 반영된 첫 이직 이야기다.

그날 면접 때 받은 질문 중 아직도 선명히 남는 게 하나 있다. 지금은 빨간소금출판사를 운영하는 임중혁 대표님(당시 살림출판사 인문팀장)의 질문이었다. "일정에 쫓기는 책을 진행 중입니다. 완성도 있게 꼼꼼히 마무리하려는데 일정을 지킬 수 없는 상황이라면 일정을 미루고도 완성도를 높이겠습니까, 아니면 완성도를 포기하고라도 일정을 지키겠습니까?"

그때까지 한 번도 생각해본 적이 없는 질문이었다. 웅진에서의 일은 '적절한 완성도에 이를 수 있는 일정'이 시스템적으로 안착되었기 때문에 이런 갈등 상황을 접하기가 어려웠다. 가끔 야근하는 정도로 충분히 커버할 수 있었다.

당시 나는 "일정을 지키기 위해 최대한 노력하겠지만, 결정적 하자가 있다면 일정을 미룰 수밖에 없지 않을까요." 정도의 답을 했던 것으로 기억한다. 하지만 그 질문은 답을 요구한 것이라기보다는 일종의 선언 같은 것이었다. "너는 이제 앞으로 일정과 완성도 사이에서 무수히 많은 갈등을 겪으며 이 일을 해나갈 수밖에 없을 것이다."라는.

이후 숱한 마감 속에서 눈물이 차오를 정도로 힘이 부친 적도 여러 차례 있었다. 그럴 때면 그냥 도망가고 싶은 마음 뿐이었다. 차라리 교통 사고 같은 게 나서 병원에 한두 달 정도 있다가 나오면 좋겠다는 생각이 들기도 했다. 이 정도로 마감해서 세상에 내보내면 안 될 것 같은데, 일정을 더는 미룰 수 없는 그런 상황이 적지 않았다. 어떻게 어떻게 해서 제작까지는 마쳤는데 홍보 일정에 맞춰 발송해야 하는 보도 자료가 잘 써지지 않을 때도 마찬가지였다.

물론 이런 일들이 반복되면서 많이 무뎌지기는 했다. 하지만 그런 무뎌짐 속에서 완성도가 떨어지는 책을 내고 나면 몇 배나 무거운 책임감이 밀려들어 나를 괴롭게 하기도 했다.

살림출판사에서는 2007년 3월부터 2년 6개월간 일했다. 웅진에 이어 두 번째 출판사이기는 했지만, 단행본 출판사로는 처음이었고, 하고 싶은 일을 찾아 출발한 첫 회사라고 할 수 있었다. 연봉은 500만원이나 줄었지만, 무언가 정말 하고 싶은 일을 찾았다는 느낌에 가슴이 벅차 올랐다.

입사는 인문팀으로 했다. 이내 인문팀이 인문교양 분야 일반 단행본을 담당하는 인문팀과 살림지식총서를 담당하는 지식총서팀으로 분리되었고, 나는 지식총서팀으로 배치되었다. 1인팀이어서 팀장에 준하는 역할도 많이 맡았다. 처음부터 다시 배운다는 마음으로 지원한 회사였지만, 그야말로 '곧바로 실전 투입'이었다. 얼마 지나고 나서는 매월 진행되는 매출 회의에도 참석하고, 파트장이라는 직함도 받았다. 출판계 입문 1년이 갓 넘은, 단행본 경험이 없는 상황이었지만, 부장님, 국장님, 대표님이 큰 방향은 잡아주면서 실무 권한은 전폭적으로 넘겨주다 보니 힘이 부친다는 느낌보다는 신난다는 느낌으로 일할 수 있었다. 워낙 틀이 잘 잡힌 시리즈였기 때문에 (크지는 않았지만) 매출도 안정적인 편이었고, 업무 프로세스에도 변수가 많지 않았다.

판형과 레이아웃이 정해 있었기 때문에 주제 선정과 필자 섭외, 내용 확인, 제목 확정, 표지 디자인 참고 자료 찾기로 해야 할 일이 집중되었다. 각 권 신서판 96쪽의 분량으로 A4 용지 기준으로는 스무 장이 조금 넘는 정도였다. 매월 세 권 출간이 적정량으로 인정받았고, 그에 따라 착실히 작업해 갔다. 경우에 따라 특집 성격으로 5~8권씩 펴낼 때도 있었는데 퇴사하면서 세어 보니 28개월간 작업한 책이 모두 92권이었다.

당시 살림출판사는 『시크릿』이라는 엄청난 베스트셀러를 내면서 자신감도 커져 가고 있었다. 당연히 사세도 확장했다. 20명 남짓한 직원 수가 50명을 훌쩍 뛰어넘었고, 연매출 100억을 향해 달려가는 분위기였다. 20대 후반 또래의 직원들도 많아서 함께 상사욕, 회사욕도 나누면서 서로 으쌰으쌰 지냈다. 지금 돌아보면 참 활기찬 분위기에서 신나게 직장 생활을 했구나 싶다. 퇴근 후에는 대학원에서 수업도 듣고, 지하철 2호선 합정역-홍대입구역-신촌역 부근을 돌며 술도 엄청 많이 마시고 그랬다. 당시에는 잠실에 살아서 잠실에서 파주까지 출퇴근을 했는데 늦게까지 논 날은 집에 다녀오는 길이 너무 멀게 느껴져 그냥 합정 인근 24시간 사우나에서 쉬고 출근한 적도 많았다.

난생 처음 외국에 나가본 것도 살림출판사에서였다. 해외 여행 경험도 없는 나였는데 해외 출장이라니!! 덕분에 회삿돈으로 일본 도쿄를 구경할 수 있었다. 나는 문고본 시리즈 담당자였기 때문에 당연히도 문고 신서 시장 조사가 목적이었다.

그때 도쿄 대형 서점에서 만난 문고 신서 코너 앞에서 나는 잠시 할 말을 잃었다. 서가의 규모부터 한국과 비교할 수가 없었다. 당시 살림지식총서는 서점 한쪽에 주로 회전형 전용 책장의 형태로 진열되었다. 서점에서 별도의 서가를 마련해주지 않아 마련한 고육지책이었다. 물론 공간을 내어준 만큼 매출이 생길 것이냐는 질문을 던져본다면 서점만 탓할 일은 아닐 것이다. 아무튼 그런 상황에서 만난 일본 서점 문고 신서 코너의 크기는 한국 대형 서점에서의 한 대분류(문학이랄지, 인문 교양이랄지 하는) 정도의 크기였다. 그 모습은 그야말로 세상의 모든 지식이 저장된 창고 같았다.

그리고 그 서가에는 심심찮게 사람들이 찾아와 자신의 관심사를 찾고 있었다. 서가 자체가 하나의 백과사전이고, 그 백과사전에서 자신이 알고 싶은 키워드를 찾는 것 같았다. 그때 일본 사람들은 뭔가 궁금하면 책, 특히 문고본부터 찾는 것 같다는 인상을 받았다. 물론 이 역시 이제는 15년 가까이 지난 장면이지만….

이때 했던 생각이 "딱 200~300명만 더 있었으면…"이었다. 당시 살림지식총서의 권당 손익 분기점이 700~800부 안팎이었다. 아무리 안 팔려도 각 권이 700권씩만 꾸준히 팔려주면 손해 볼 걱정을 안 하고 시리즈를 이어갈 수 있는데 각 권의 최소 판매량은 500부 근처에 형성되었다. 물론 수천 부 이상 팔리는 책이 종종 나와서 시리즈를 유지하고는 있었지만, 손해를 보는 책은 늘어갔고, 이를 상쇄해줄 책은 줄어만 가는 상황이었다. 이러한 상황을 알기에 다른 출판사들도 이런 시리즈에 감히 도전할 수 없었을 것이다. 살림지식총서 역시 심만수 대표의 강한 의지가 아니었다면 지금껏 이어오지 못했을 것이다.

바로 이 손익 분기점을 기준으로 출판 다양성의 차이가 확연히 난다. 만약 손익 분기점 700부인 시장에서 책들이 700부 정도씩 나가준다면 너도 나도 이 시장에 뛰어들고 그러다 보면 아주 다양한 책이 나올 수 있게 된다. 그런데 이 시장에서 내는 책들이 내는 족족 600부만 팔리고 만다면 이 시장에 뛰어들 이는 없게 되고 결국 아예 이런 성격의 책은 씨가 말라버리는 것이다. 그 100명의 차이가 출판 시장의 다양성을 만드는 것이다. 역으로 그런 책을 기다리는 600명의 독자는 아예 그런 책을 만날 기회조차 없어지는 것이고.

최근 1인 출판사가 많아지고 독립 출판에 대한 관심도 커지면서 출판물이 다양해졌다고 느끼는데 이는 1인 출판의 형태(사무실이 없다거나 직원을 두지 않는)로, 또 독립 출판의 형태(편집자나 디자이너 인건비 없이)로 손익 분기점을 낮췄기 때문에 가능했을 것이다.

도쿄 출장에서 구체적으로 기획 아이디어들을 길어오지는 못했지만, 한 가지는 분명하게 느끼고 돌아왔다. 전체 독서 인구를 늘리는 것이야말로 내가 만들고 싶은 책을 만들 수 있는, 또 내가 만든 책이 살아남을 수 있는 가장 근본적 해결책이라는 것 말이다.

두 번째 위기, 두 번째 이직

신나게 일하고 빠른 속도로 성장해 가며, 또 한편으로 대학원 공부도 하며 아주 보람찬 생활을 했지만, 그런 생활도 2년이 지나가면서 위기가 찾아왔다.

살림지식총서 신간을 꾸준히 내는 일이 어느 정도 손에 익은 다음 내가 해야 할 일은 시리즈 브랜드 가치를 높이는 일이었다. 대학생 서포터즈를 모집해 온라인 홍보를 진행해보기도 하고, 홈쇼핑 런칭을 준비해보기도 하는 등 여러 방법을 모색해봤지만, 뚜렷한 돌파구는 보이지 않았다. 각 권의 기획에 힘쓰자는 생각도 있었지만, 개별 아이템으로 좋은 아이템이라는 확신이 있어도 막상 시장에서는 총서 내의 다른 책보다 200~300부 정도 더 나가는 선에서 그치기 일쑤였다. 대안으로 총서 내 소시리즈도 다양하게 시도했다. 300호 기념 지도자 특집(299~305호), 베이징 올림픽을 앞두고 중국 특집(328~334호), 제17대 대통령 취임식에 즈음한 대통령 시리즈(320~323호), 과학의 달을 맞아 준비한 로봇 시리즈(364~368호), 경제 위기에 다시 보는 경영자 열전(348~355호), 비평이론학회와 함께 기획한 비평이론의 기초 시리즈(338~340호) 등 다수의 시리즈를 통해 언론 보도도 이끌어내고 이벤트도 펼쳤지만, 판매량을 획기적으로 늘리는 데에는 한계가 있었다.

이 시절 늘 마음에 걸리던 게 저자 인세 부분이었다. 지식 대중화라는 큰 목표에서 진행한 만큼 한 권에 3,300원이라는 가격에 변화를 주고 싶지는 않았는데 초판 제작 부수가 1,000부였기에 인세율 10퍼센트로 계산하면 초판 인세가 33만 원밖에 되지 않았다. A4 20매가 조금 넘는 짧은 분량이긴 했지만, 책 한 권 집필의 대가로는 너무 작을 수밖에 없었다. 당시 선인세 성격으로 최소 50만 원씩은 인세를 지급했지만, 그래도 해당 집필 노동에 대한 대가로는 부족할 수밖에 없었다. 하지만 총서의 취지와 콘셉트를 이해하고 집필에 참여해주는 저자들이 있었기에 시리즈가 끊기지 않고 계속될 수 있었다. 지금은 분량도 조금 늘고 가격도 권당 6,800원으로 조정되어 개선된 지점이 있겠지만, 그래도 충분치는 않을 것이다. 그럼에도 곧 600번째 책이 나온다고 하니 정말 대단한 성과가 아닐 수 없다.

딱 그 즈음부터 "사람들이 책을 너무 안 읽는다."는 말을 입에 달고 지냈다. 사실 안 읽는다기보다는 안 산다는 게 정확한 표현이고, 생략된 말을 부쳐 온전한 문장을 만들자면 "사람들이 내가 적당히 일하고도 먹고살 수 있을 만큼 책을 사주지 않는다."고 해야겠지만…. 아무튼 '내가 열심히 무언가를 만들어도 500~700명 정도에게만 소비되고 마는구나' 하는 생각에 지쳐 갔다. 좀 더 파이가 커 보였던 일반 단행본에 대한 갈증을 느끼기 시작한 것도 이때쯤부터였다. 회사에서도 이런 갈증을 이해하고 일반 단행본 작업의 길도 열어줬다. 그래서 살림지식총서를 진행하면서 만난 매력적인 저자로부터 일반 단행본 기획을 이끌어내 작업하기도 했다. 그렇게 만든 내 인생의 첫 단행본이 김성진 선생님과 작업한 『작지만 강한 나라를 만든 사람들』이었다. 야심차게 작업했지만, 결과는 기대 이하였다. 살림지식총서는 시리즈의 힘이 있기 때문에 그래도 어느 정도의 최소 판매 선이 있었지만, 단행본은 그야말로 홀로 싸워야 했다. 대박이 나면 크게 나지만, 아예 쪽박을 찰 수도 있었다. 일반 단행본이라고 문고본 시리즈보다 판매 성적이 좋을 거란 보장은 없었다.

2009년 5월 한 달은 회사에 무급 휴가를 내고 교생 실습을 나갔다. 입사 때부터 배려해준 회사 덕분에 2007년 1학기부터 5학기째 대학원을 무사히 다닐 수 있었고, 마지막 학기에는 교생 실습이 기다리고 있었다. 무급이긴 했지만, 퇴사하지 않고도 실습을 나갈 수 있다는 사실에 감사했다. 덕분에 교생 실습을 큰 탈 없이 마쳤다. 부모님께서 살고 계신 양평집에서 그 지역의 한 고등학교로 한 달간 출퇴근을 했다.

이때 아이들을 만나며 '정말 책을 안 읽는구나' 하는 것을 깨달았다. "요즘 애들 책 안 읽어." 이런 얘기를 하려는 게 아니다. 생각해보면 내 학창 시절도 크게 다르지 않았다. 오히려 출판일이라는 걸 객관적으로 돌아볼 수 있는 기회를 얻었다고 보는 게 옳겠다. 출판일을 하면서는 베스트셀러 편중 현상에 늘 투덜거리는 나였지만, 학교 현장에서는 그런 베스트셀러라도 아는 학생을 만나면 그렇게 반가울 수가 없었다. 나는 평소였다면 거들떠 보지도 않았을 책의 홍보 대사가 되었다. 당시 출간돼 서점가를 휩쓸던 빅뱅의 책『세상에 너를 소리쳐!』라도 제발 읽어달라고 부탁할 정도였으니까 말이다. 한 번은 당시 베스트셀러였던『아웃라이어』의 내용을 소개하기도 했는데 '1만 시간의 법칙'이 매력적이었는지 수업 끝나고 내게 책 제목을 묻는 학생이 있었다. 한 달간 딱 한 번의 경험이었다. 출판계에서 일하면서, 특히 인문 교양 분야에서 일하면서 연예인 셀럽의 에세이랄지, 자기 계발적 요소랄지 하는 것들에 대해 '그건 너무 주류의 것이고…' 하는 생각이 있었는데 이런 것들마저 세상에 나가면 비주류구나 싶었다. 인문교양서는 비주류의 비주류인 것이고.

책의 그 넓은 세상에서도 문고본 시리즈라는 소수파의 아쉬움이 한창이던 때, 어쩌면 책 그 자체가 우리 사회의 소수파일지도 모르겠다고 생각하니 그 충격에서 헤어나기가 쉽지 않았다. 아무도 찾지 않는 책을 만들기 위해 이렇게 애쓰며 살아야 하는 건가….

교생 실습에서 돌아오고, 머리가 복잡해졌다. 두 번째 위기가 찾아온 것이다. 물론 그 전부터 어떤 갈증이 나를 괴롭히고는 있었지만, 우리 사회에서 책의 위상이란 것을 체감하고 나니 더 힘들어졌다. '책을 만드는 보람을 못 찾겠다. 그만둬야 하나' 하는 생각과 '그만두면 뭘 할 수 있을까' 하는 생각이 밀려들었다.

실습을 나갈 때만 해도, 대학원을 졸업하고 교사 자격을 얻게 되면 교사가 되어 볼까 하는 생각이 조금은 있었다. 하지만 막상 학교에서 한 달간 일하고 나니 교사보다는 편집자가 더 편하겠다(?)는 생각이 들었다. 교단에서 바라보는 서른 명 남짓의 학생 하나하나에 들어가는 공이 출판일을 하며 함께하는 저자 한 명 한 명에 들어가는 그것만큼이나 크다고 느꼈기 때문이다. 그래도 출판일을 하면 한번에 5~6명 정도 신경쓰며 지내지만, 학교에서는 담임 기준으로 서른 명 정도를 신경쓰며 지내야 한다고 생각하니 숨이 턱 막혔다.

그즈음 북에디터 사이트를 통해 알게 된 인편모(인문학 편집자 모임) 멤버들과 종종 만났는데 언젠가 식사하며 이런 고민을 털어놓았더니 한 선배(지금은 유유출판사를 운영하는 조성웅 대표)가 "한겨레에서 사람을 구한다는 데 어때요?" 하고 물어왔다. "한겨레요?" 한 번도 생각해본 적 없는 선택지였다. 아예 출판계를 떠날 생각이 크던 때이니 북에디터 구인 게시판을 찾지도 않았다. 그런데 갑자기 한겨레라니! 『한겨레21』, 『씨네21』의 정기 구독자이기도 하고 인문사회서에 대한 관심도 많았던 내게 한겨레출판은 마치 꿈의 출판사 같았다. 홍세화, 한홍구, 박노자…. 이런 저자들과 함께 일할 수 있다고?

그렇게 또 한번 회사를 옮겼다. 2009년 여름에서 가을로 넘어가는 시기였다.

저렇게 일하다 나가떨어지는 거 아니야?

웅진에서 1년 4개월, 살림에서 2년 6개월. 그렇게 3년 10개월의 경력을 가지고 한겨레출판에 입사했다. 처음부터 다시 배운다는 마음이었다. 웅진에서의 경험은 학습지 개발이었고, 살림에서의 경험도 문고본 시리즈였기 때문에 우리가 서점에서 쉽게 만날 수 있는 일반 단행본 경험은 (살림에서의 한 권을 제외하고는) 없었기 때문이다. 그렇게 시작한 한겨레출판에서 만 8년을 꽉 채워 일했다.

처음에는 속으로 3~5년은 다니자고 다짐했다. 살림을 퇴사한 날 회식 자리에서 웅진을 퇴사하던 때와 아주 다른 느낌을 받았다. 그간 쌓은 직장 동료들과의 유대감도 그렇고, 나아가 그런 유대감들이 업무에도 직간접적으로 도움을 줬구나 하는 생각이 많이 들었다. 1년을 갓 넘고 한 퇴사 때는 느끼지 못했던 어떤 것들이 3년 차 퇴사 때 느껴지는 걸 보면서 한 조직에서 보내는 시간과 비례해 얻을 수 있는 무형의 자산이 있구나 깨닫고 나니 다음 퇴사는 무조건 그보다 더 긴 시간을 보낸 후에 해야겠다. 가능하면 2년 6개월의 배인 5년을 다니고 퇴사해야겠다는 다짐을 하게 된 것이다. 지금 생각해보면 왜 평생 다닐 생각은 안 했을까 하는 의문이 남기도 하지만, 대개의 출판 편집자가 자신이 하는 일은 평생 직업으로 꿈꾸면서도 자신이 일하는 곳은 평생 직장이 아닌 언젠가 떠날 곳으로 여기는 걸 보면 내 그런 마음도 유별난 건 아니었던 것 같다.

한겨레출판에 입사한 후 한동안은 꿈꾸는 기분이었다. 한때 한겨레신문사 기자가 되고 싶은 꿈도 있었는데 어느새나 역시 한겨레신문사 건물로 출근하며 그 한겨레 기자들과 동료로 함께 작업하니 당연했다. 한겨레출판과 한층에는 『한겨레21』과 『씨네21』이 있었는데 정기 구독하며 정독하던 잡지의 편집장과 기자들을 수시로 스치게 됐으니 더 말할 것도 없었다.

한겨레출판에 입사한 후 첫 기획이라고 할 수 있는 게 『4천 원 인생』이라는 책이었다. 출퇴근하며 읽던 『한겨레21』의 「노동 OTL」이라는 기획 연재를 접하고 주간님(현 한겨레출판 김수영 이사)께 이거 꼭 책으로 만들고 싶다고 얘기하던 순간이 아직도 눈에 선하다. 그때 주간님은 "좋은 기산데, 책으로 나왔을 때 많이 팔릴까?" 하고 반문했다. 그때 나는 "많이 안 팔리더라도 이런 기획이 한겨레출판이 아니라 딴 곳에서 나오면 어떻겠습니까?" 하며 맞섰다. 막연

히 '한겨레는 돈 못 벌어도 좋은 일 하는 곳'이라는 이미지
가 내 머릿속에도 가득했던 것이다. 주간님은 이런 순진(?)
한 반응에 살짝 웃어 보이더니 그러면 제안서를 작성해보
라고 했다. 그렇게 출발해서「노동 OTL」은 결국 내 손을
거쳐『4천 원 인생』이라는 이름의 단행본이 되었다. 그리고
"많이 안 팔리더라도"라는 말이 무색하게도 그간 내가 담
당했던 책 중 가장 많은 판매 부수를 보인 책이 되었다.

조지 오웰의『위건 부두로 가는 길』로 시작한 2010년은 앞
서 말한『4천 원 인생』, 두 차례에 나눠 출간한 한겨레지식
문고 1~8권, 김용석의『철학광장』, 박노자의『거꾸로 보는
고대사』등으로 가득 찼다. 2009년 가을에 입사해 그해에
는 한 권을 진행하고, 그 다음해에는 바로 12권을 맡아 진
행했다. "회엽 씨, 저렇게 일하다가 곧 나가떨어지는 거 아
니냐."는 우려도 들렸지만, 마냥 신나기만 했던 것으로 기
억한다.

살림지식총서 경험을 십분 살릴 수 있었던 한겨레지식문고,
당대 최고의 기자들과 함께한『4천 원 인생』, 김용석, 박노
자 등의 독보적 학자들과 함께하는 경험에, 묻힌 조지 오웰
의 명작을 재조명한 일까지…. 내가 꿈꾸던 인문사회서 편
집자의 모습을 이뤘다고 해도 좋을 나날이었다.

이렇게 신나게 일한 것의 배경에는 물론 '연봉 협상'에 대한 기대도 있었다. 살림에서 경험한 두 차례의 연봉 협상에서 10퍼센트 이상씩 올려본 경험이 있었다. '열심히 하면 한 만큼 올라간다'라는 믿음이 있었기에 '이 정도로 하면 얼마나 올라갈까', '10퍼센트 정도는 기대해도 되지 않을까' 하는 기대가 있었다. 신나게 일하고 돈도 많이 벌고 얼마나 좋은 삶인가!

하지만 한겨레에서의 연봉 협상은 이런 기대에 찬물을 끼얹었다. 개인 성과는 인정하면서도, 전반적으로 낮은 평균 인상률을 기준 삼아 거기서 1~2퍼센트 남짓 높은 인상률을 제안하고 굉장히 큰 배려를 한다는 취지로 보충 설명을 하는데 솔직히 김이 팍 셌다.

꼽아보니 그 다음해부터 한겨레출판을 퇴사할 때까지 늘 한 해에 5권씩만 작업했다. 의도적으로 그런 것은 아니지만, 내 무의식에서 무언가가 발동했는지도 모를 일이다. 연봉 협상의 여파라고만 이야기할 수는 없겠지만, 만약 그때 내가 당근맛을 좀 더 봤다면 어떤 편집자가 되었을까 하는 물음은 종종 해본다. 지금쯤 실패기(?)가 아닌 성공기를 쓰는 편집자가 될 수도 있지 않았을까? 그리고 역으로 그렇게 됐다면 회사에도 좋은 일 아니었을까? 과연 직원의 연봉은 비용일까, 투자일까?

출판계에서는 '좋은 책을 만든다', '좋은 저자와 함께 일한다', '좋은 정신의 출판사에서 일한다' 등의 이유로 적은 보수를 감내하는 경우를 자주 보게 된다. 나 역시 그런 편집자 중 하나였는지 모른다. 하지만 이게 출판계 전체에 과연 좋은 영향을 미친 걸까? '좋아하는 일을 하면 돈은 적게 받아도 괜찮다'는 생각이 만연할수록 결국 좋은 것은 돈을 줘야 할 쪽일 테고, 이런 식으로 업계의 연봉이 낮아지면 '그 일을 좋아하는 사람'은 들어올지 몰라도 '그 일을 잘할 사람'은 이 업계를 찾지 않을 수도 있다.

그렇게 김이 팍 센 채 시작한 2011년이었지만, 그럼에도 좋은 책, 좋은 저자와 함께 보람차게 지냈다. 특히 그해 여름에 출간한 금태섭의 『확신의 함정』은 언제 어디서든 자신 있게 권할 수 있는 좋은 추억의 책이다. 하지만 그 여름이 지나가고, 쌀쌀한 바람이 불어오면서 내 마음도 싱숭생숭해지기 시작했다. 한겨레에서의 첫 위기, 출판 편집자로는 세 번째 위기였다.

생활인 모드

사랑의 유통 기간이 2년이라고 했던가. 열정적 사랑에 빠진 지 1년이 지나면 그 열정의 50퍼센트 정도만 남고, 그마저 차츰 줄어들어 18~30개월 사이면 모두 사라진다는 얘기를 들은 적이 있다. 내 경우를 돌아보면 이게 일에도 적용되는 것 같다. 첫 상대는 열정보다는 배경을 보고 시작한 경우라서 그런지 1년이 채 안 돼 지루함을 느끼기 시작했고, 열정으로 시작한 두 번째 상대와는 정확히 30개월 만에 헤어졌다. 세 번째 상대에게는 첫 1년 모든 열정을 쏟아부었고, 시들해지더니 2년이 다 되자 급격히 마음이 떠난 것이다.

단지 이 회사에 다니기 싫다는 차원은 아니었다. 좀 더 근본적 문제였다. 한겨레출판에서 와서 첫 2년 동안은 기존의 쌓여 있는 원고들 중심으로 열심히 일했다면, 이제는 내 기획을 가지고 적극적으로 일해야 할 때라고 느껴진 것이다. 그런데 내가 어떤 책을 내고 싶은지가 명확히 그려지지 않았다. 내가 내고 싶은 책이 분명하지 않은데 이 일을 계속할 수 있을까, 계속 이 일을 해도 괜찮은 걸까 하는 질문이 쏟아지기 시작했다. 주변을 돌아보면 연차에 상관없이 다들 만들고 싶은 책이 분명히 있었다. 그리고 그들을 알아갈수록 책에 대한 애정과 책과의 추억이 나와 비교할 수 없을 정도로 깊고 풍부하다는 걸 느꼈다. 내 '책 덕후 아님' 콤플렉스가 본격적으로 발동하기 시작한 건 아마 그즈음부터일 것이다. 그래서 출판 편집자 일을 그만두자는 마음이 생겼다. 아직 30대 초반의 나이였고, 이 경험을 바탕으로 다른 일을 해도 잘할 수 있을 거란 자신감도 조금은 있었다.

편집장님께 솔직한 이야기를 꺼냈다. 날 한겨레로 이끌어주고, 그간 계속 내 상사로 계셨던 분이었다. 어렵게 이야기를 꺼냈는데 더 놀라운 이야기가 돌아왔다. 편집장님이 연말까지만 다니고 회사를 그만두기로 했다는 것이다. 전혀 예상치 못한 상황이었다. 너무 사람이 좋다 보니 가끔 답답할 때가 있기도 했지만, 조직에서 허리 역할을 그보다 잘할 사람은 없었다. 어쩌면 그 허리 역할이 너무 힘들었던 것일까? 아무튼 이미 회사와 그만두기로 얘기가 끝났다고 미안해했다. 얼마 되지 않는 팀에서 동시에 둘이 퇴사하는 것이 힘든 걸 아니 본인이 내 퇴사길을 막은 건 아닐까 생각하는 것도 같았다. 편집장님은 내게 지금 편집자 생활을 그만두기에는 조금 이른 것 같다며 조금만 더 일해보고 판단하라는 조언을 남겼다. 퇴사한다 해도 몇 달은 지나야겠구나,

어차피 이렇게 된 거 처음에 2년 6개월 이상은 다녀보기로 한 만큼 남은 몇 달을 마저 채우자 마음먹었다. 편집장님은 퇴사 후 뭐 하실 거냐는 질문에 자전거 정비를 배워서 자전거포를 열 생각이라고 했다. 멋있다는 생각이 가장 먼저 들었고, 그렇게 될 수 있을까 하는 의문이 따라왔다. 하지만 그 의문이 무색할 정도로 편집장님은 그 계획을 잘 실현했다. '흑석동자전거포'를 10년 가까이 운영 중인 박상준 대표가 바로 그다.

아무튼 그렇게 퇴사를 몇 개월 미루고 나니 내게 여러 일이 생겼다. 먼저 후원하던 희망제작소에서 온 '퇴근 후 렛츠 3기 모집' 메일에 마음이 동했다. '10년 후 인생 설계'가 모토인 '퇴근 후 렛츠'는 30~40대 직장인들이 지금의 일 다음의 일을 미리부터 준비할 수 있도록 돕는 것이 목적이었다. 희망제작소에서 운영해오던 은퇴 설계 프로그램의 노하우가 발전한 것이었다. 아무 준비 없이 사직서만 품고 다니지 말고 퇴직 이후를 차근차근 준비해보라는 말에 홀리듯 넘어가 수강 신청을 했다. 이 과정을 통해 '그래, 무턱대고 그만두지 말고, 이후에 어떻게 할지 좀 더 준비를 해보자!'고 다짐하게 됐다. 수업 내용도 좋았지만, 여기서 만난 사람들이 한동안 내게 큰 힘이 되었다. 각자 자기의 위치에서 열심히 살면서도 더 나은 삶을 고민하며 다양한 길을 모색하는 사람들, 자신이 해온 일의 노하우와 그 재능을 바탕으로 사회 공헌의 방법을 끊임없이 찾아가는 이들을 보며, 나 역시 고민이 '편집자를 그만두자'에서 '편집자를 그만두고 무슨 일을 하면 좋을까'로 옮겨가기 시작했다. 그리고 그것을 찾을 때까지는 회사 생활을 충실히 하자고 나 자신을 다독이는 계기가 되기도 했다.

또 비슷한 시기에 옆 팀 선배가 자신에게 큰 도움이 되었다면서 나를 정토회의 '깨달음의 장'에 등록해줬다. 이 '깨달음의 장'은 내 삶의 자세에 있어서 결정적인 변화를 가져왔다. 나 자신은 '깨장 이전의 나'와 '깨장 이후의 나'가 꽤나 다른 사람이라고 생각한다. 무엇보다 삶을 대하는 자세가 가벼워졌다. 그 전까지만 해도 난 '노력하면 못 할 것이 없다'고 생각하는 사람이었다. 그리고 남들에게 그럴 듯한 사람으로 보이고 싶은 마음 또한 강했다. '노력하면 못 할 것이 없다'는 마음은 무언가에 도전할 때는 매우 필요한 자세이겠지만, 어떤 일이 잘 안 되었을 때 그 원인을 자신의 노력 탓으로 돌리며 계속해서 자신에게 무거운 짐을 지우는 부정적 측면도 있다. 누구나 살면서 느끼게 되겠지만 '노력해도 안 되는 일'이 있기 마련이다. 설령 '노력하면 할 수 있는 일'이었다고 해도 꼭 그것이 '해야 할 일'이었나 돌아보면 그렇지 않은 경우도 있다. 당시의 나는 '더 나은 나'가 되지 못하는 것에 대한 압박감, '더 나은 편집자'가 되지 못한 것에 대한 스트레스가 꽤나 심했다. 하지만 깨장 이후 '나 자신의 존재에 너무 큰 의미를 두지 말자, 할 수 있는 만큼 하는 거다, 내 쓰임은 내가 정하는 게 아니다, 스스로 대단한 존재라 생각지 말자, 누군가 나를 필요로 한다면 가벼운 마음으로 기꺼이 응하고 그 결과에 너무 연연하지 말자' 하는 마음으로 지내려 애쓰게 되었다. 물론 이런 삶의 자세를 반대 측면에서 바라본다면 '무책임해졌다, 최선을 다하는 자세가 줄었다'고 볼 수도 있겠다. 그러거나 말거나, 개인적으로는 그만큼 삶의 무게가 가벼워졌고 하루하루가 훨씬 즐거워졌다.

그리고 그해 4월, 회사는 나를 런던도서전에 출장 보내줬다. 1~2년에 한 명씩 국제도서전 출장이 있기는 했지만, 나는 그간 주로 국내 기획에 집중해온 터라 크게 기대는 않고 있었는데 무척이나 큰 선물이 되었다. 다녀와서 보니 아마도 회사에서 준비한 당근책 아니었나 하는 생각이 들었다. '그동안 고생한 것 알고, 잘 챙겨주지 못한 것도 안다. 이번에 회삿돈으로 런던 가서 바람이나 쐬고 와라' 하는. 나름 고심해 미팅 일정도 짜고 돌아와서 자료도 정리하고 했으나, 그걸 조직적으로 공유하라는 기대가 전혀 없는 걸 보고 확신할 수 있었다.

이 외유성 런던 출장은 회사의 인사 관리 측면에서 괜찮은 결과를 낳았다고 볼 수도 있겠다. 이 출장 덕에 나는 최소

2년은 더 회사에 남기로 했으니까. 난생 처음 밟아본 유럽 땅, 런던과 파리를 묶어 일주일 가까이 둘러보고 와서 나는 한동안 런던 앓이를 겪었다. 그리고 새로운 목표를 세웠다. 런던에서 한 달 살기! 이제 내 목표는 '더 훌륭한 편집자'가 아니라 '런던에서 한 달 살기'가 되었다. 막연했던 꿈은 그 꿈에 집중할수록 더 선명해졌다. 나는 곧 한국출판인회의를 통해 진행되는 '출판인해외연수사업'을 발견했다. 일정 경력 이상의 편집자에게 석 달 간 해외에서 지낼 수 있는 비용을 지원해주는 사업이었다. 사업 초기에는 런던의 한 교육기관과 제휴도 있었지만, 이후에는 연수 대상자 각자가 프로그램을 짜는 방식이었다. 나는 2012년에 이 사업을 인지하고, 2013년에 준비해(선정되어), 2014년 6월부터 석 달간 런던에 체류하고 돌아왔다. 수업은 최소화하고 서점과 도서관, 북페스티벌 등을 다닌다는 구실로 여기저기를 돌아다니는 게 일상이었다. 내 생애 다시는 안 올, 천국 같은 3개월이었다.

퇴사를 미루고 반 년 동안 위와 같은 일들을 겪으며 나는 급격히 '생활인 모드'로 바뀌어 갔다. 그리고 그 덕에 삶의 질 역시 무척이나 올라갔다. 2009년 교육대학원 수료 후 계속 미루기만 한 석사 학위 논문을 마무리해 대학원을 졸업했고, 취미로 사회인 야구도 시작했다. 또 이때 이후로는 1년에 한 차례 이상씩 해외 여행을 즐겼다.

그렇다고 회사에서 '일 안 하는 직원'으로 꼽히거나 경영진의 눈밖에 나지도 않았다. 여기에는 입사 후 1년 동안 열정적으로 일했던 것의 후광이 꽤나 작용했던 것 같다. 그렇게 첫인상이 박히고 나니, 내가 설령 일을 좀 게을리 해도 '이유가 있겠지' 하는 눈으로들 바라봤다. 물론 그렇다고 내가 태업했다는 건 아니다. 다만 더 할 수도 있지 않을까 하는 지점에서 '뭐, 그렇게까지'라며 멈췄던 건 사실이다.

출판 노조 이야기

한겨레 시절 빼놓을 수 없는 게 노조 이야기다. 우리나라 노동조합 조직률이 10퍼센트 초반대이니 노조를 경험한 것만으로도 소중한 경험을 한 것이 분명하다. 게다가 출판계에는 노조가 더욱 드물다 보니 출판 노조를 경험한 것은 더더욱 소중한 경험이다.

내가 한겨레출판에 입사하던 2009년만 해도 한겨레출판에는 노조가 없었다. 모회사인 한겨레신문사에는 당연히 노조가 있었다. 멋진 노조 공간도 있고 때로는 노조위원장(정확히는 지부장) 선거로 떠들썩하기도 했다. 하지만 자회사 중에는 노조가 없는 곳도 많았다. 한겨레신문사의 한 사업본부로 있던 단행본 출판 영역은 2006년 한겨레출판 주식회사로 새롭게 출발했는데 분사 이전에는 모두 노조원이었으나 분사하며 따로 노조를 만들지는 않았다. 이때 한겨레출판 주식의 80퍼센트는 한겨레신문사가 소유하고 나머지 20퍼센트는 당시 자회사가 생기면서 소속이 바뀐 직원들(대표이사도 여기에 속함)이 나눠 가졌기 때문에 구성원이 모두 주주이기도 했다. 그래서 노조가 필요없었는지도 모르겠다.

'우리도 노조가 있어야 하는 거 아니냐'는 문제 의식이 싹튼 건 2010년이었다. 분사 이후 고속 성장을 거듭하며 직원도 6명에서 20여 명으로 늘어나 있었다. 바로 그 즈음 한겨레출판 역사상 첫 육아 휴직자가 탄생했는데 그간 육아 휴직 사례도 없고 하다 보니 이래저래 육아 휴직이 결정되는 데까지 자잘한 갈등이 이어졌다. 물론 그런 갈등들이 해소되고 육아 휴직도 법규에 맞게 진행되었지만, 어떤 아쉬움들이 남았다. 회사 안에서 누군가가 노동 관련 법규와 제도를 잘 인지하고 적용하려 애쓸 수 있다면 좋겠다는 마음, 그리고 그런 제도의 적용이 개인적 차원에서 경영진의 선의를 바탕으로 이뤄지기보다는 투명한 절차에 의해 모두에게 이로운 방향으로 적용되면 좋겠다는 마음이 모아졌다. 그리고 그 틀로 노조만 한 것이 없겠다는 결론에 이르렀다. 마침 그때 창비에서 이직한 한 선배가 있었는데 창비는 출판계에서 일찌감치 노조가 설립되고 운용되어 온 곳이었다. 노조의 순기능을 경험한 입장에서는 '당연히 노조가 있어야 한다'는 쪽에 무게를 실어줄 수밖에 없었다. 부장급 선배들의 제안으로 시작되긴 했지만, 형식상 중간 간부급인 그들이 앞에 나서기에는 부담이 있었다. 그러다 보니 당시 대리 직급이었던 내가 준비위원장 자리를 맡게 되었다.

간판 역할만 하긴 했지만, 그래도 그 과정에서 배운 것들이 무척이나 많다.

초창기에 노조를 만들겠다고 회사 인근 중국집 골방에 모여 노동법도 살펴보고 노조 형태에 대한 고민도 나누고 했던 기억은 오랫동안 가슴 뜨거운 추억으로 남아 있다. 뭔가 작당 모의하는 듯한 분위기도 나고 긴장감도 흘렀는데 2010년도에 1970년대 분위기 난다며 함께 웃었던 기억도 난다. 독립적 기업 노조의 형태로 갈 것인지, 상부 조직을 두는 형태로 갈 것인지, 상부 조직을 둔다면 민주노총으로 할 것인지 한국노총으로 할 것인지 모든 가능성을 열어놓고 하나하나씩 의견을 모아갔던 것은 어쩌면 이렇다할 쟁점이 없는 평화 시기에 꼼꼼함이라면 둘째가면 서러울 편집자들이 절대 다수인 구성으로 노조가 설립되다 보니 누릴 수 있었던 호사였던 것도 같다. 그렇게 하여 한겨레출판의 노동조합은 2011년 5월 25일 한겨레신문사 청암홀에서 출범식까지 열면서 민주노총인 전국언론노동조합(언론노조) 한겨레출판분회로 출발하게 되었다.

준비 과정에서 창비, 돌베개, 사계절, 보리, 그린비, 작은책, 나라말 등의 노조 분회(지부)와 특정 출판사 소속을 넘어서는 서울경기지역출판지부 조합원들과도 많은 교류를 하며 도움을 받을 수 있었다. 이후 모두 힘을 합쳐 특강 형식의 각종 교육 사업을 추진하고, 출판 노동 실태를 조사해 언론에 발표하기도 하고, 노동법의 주요 내용을 다룬 출판 노동가이드북을 만들어 배포하기도 하는 등 다양한 활동을 하기도 했다.

노조가 생기니 일단 그것만으로도 든든한 측면이 있었다. 지금은 많이 나아졌겠지만, 당시만 해도 앞서 말한 육아 휴직의 사용에서부터 법이 보장하는 다양한 노동자의 권리가 '사용자의 선의'에 의해 보장되는 경우가 많았다. 좋은 사장을 만나면 보장받고 그렇지 않으면 그냥 포기해야 하는 것투성이였다. 하지만 노조라는 뒷배가 있으니 최소한 법에 나오는 것들은 지켜지겠구나 하는 안심이 되었다. 형식적으로는 같을지라도 '사장의 배려'와 '직원의 권리'는 그 차이가 꽤나 컸다. '사장의 배려'로 이뤄지는 복지는 사장의 '변심'으로 얼마든지 사라질 수 있지만, 그것이 '직원의 권리'가 되는 순간 그 복지는 반영구적으로 정착되기 때문이다.

출판 노조 활동을 하며 다른 출판사 노조의 고충을 많이 들을 수 있었는데 오너가 분명한 회사일수록 노조 활동이 힘들었다. 그런데 그 속을 들여다 보면 사실은 치열한 쟁점이 있어서라기보다는 바로 '사장의 배려 vs 직원의 권리'라는 프레임 싸움 때문인 것 같았다. 회사의 다양한 복지가 '사장의 배려'여야 하는데 노조 때문에 이것들이 '직원의 권리'로 해석되니 사장님의 '기분'이 좋을 리 없었고, 이런 일들이 쌓여 노조가 경영진의 눈엣가시가 되면 작은 규모의 회사일수록 노조원들은 회사 생활하는 것 자체가 일종의 투쟁이 될 만큼 안 좋은 상황에 처하기도 했다. 또한 몇몇 '진보적' 사장은 '직원들을 사랑하는 후배로 여기고, 가족처럼 아끼고 보살핀' 자신이 '(노동자를 착취하는) 자본가' 자리에 놓이는 걸 견디지 못해 노조 자체를 헐뜯고 공격하는 모습을 보이기도 했는데 그들을 떠올리면 여전히 씁쓸하기만 하다.

한겨레출판의 경우는 상대적으로 좋은 환경 속에서 노조가 자리 잡을 수 있었고, 몇 가지 제도적 정비를 하고 난 후에는 '임금 교섭'을 두고 경영진과 마주했다. 노조가 잘 자리 잡고 나면 국가 차원에서 법과 제도로 진행되는 일들은 대개 그대로 따르게 되고, 회사 단위에서 특별한 부당 행위가 있지 않다면 결국 노조 활동은 임금 문제로 집중될 수밖에 없다. 물론 더 나은 사회를 만들기 위한 다양한 내외부 활동도 있지만, 그것만으로 노조 활동의 동력을 만들기는 힘들 테니까.

몇 차례 임금 교섭을 진행하며 개인적으로 임금 교섭이야말로 노조 활동의 핵심이라는 생각을 하게 되었다. 임금 교섭을 준비하기 위해 회계 공부를 하고 회사의 재무제표를 분석하면서 회사가 어떻게 굴러가는지, 지금 회사는 어떤 상태인지 알 수 있게 되었다. 그리고 그 안에서 인건비의 비중이 적절한지를 확인하고 조정해나가는 게 무척이나 흥미로웠다. 임금 교섭의 역사가 오래된 회사들에서는 이 역시 안정적인 틀 위에서 진행하겠지만, 이런 경험이 처음인 입장에서는 그야말로 신세계였다.

그런데 이 지점이 노조 활동의 갈림길이기도 하다. 인건비 산정 논리에 대한 합의가 이뤄지고 나면 그 다음에 임금 인상을 위해 할 수 있는 일은 사실상 매출 증대와 이익 증대뿐이기 때문이다. 모드가 이렇게 전환되면 경영진과 노조는 회사의 성장을 위한 한 팀이 될 수밖에 없다. 물론 경영진이 임금을 줄이거나 노동 환경을 악화하는 방향으로 이익 추구를 하지 않는다면 말이다. 노조 활동을 하며 내내 아쉬웠던 것이 노조를 경영의 걸림돌로 생각하는 한국 사회의 일반적인 인식이었는데 이는 출판계의 나름 진보적 사장들마저도 크게 다르지 않았다. 내 짧은 경험상, 재무제표를 직원들과 공유하고 각 항목에 대한 설명을 투명하게 할 수 있는 사장이라면 노조를 불편해할 이유가 없다. 특히 출판 노동자 다수는 '더 적은 노동과 더 많은 임금'을 원하는 사람들이 아니다. '내가 좋아하는 책을 오래오래 만들고 싶은 사람'에 가깝다. 그래서 노조의 틀을 잘 활용한다면 오히려 직원들을 우군으로 만들기도 쉬울 것이다. 하긴 이걸 몰라서 그랬을까? 경영에 대한 제반 사항을 투명하게 공개하는 것부터가 말만큼 쉽지 않았으니 그랬겠지….

팀장으로는 빵점

2005년 12월, 웅진씽크빅 입사. 1년 만에 위기. 2007년 3월, 살림출판사로 이직. 2년 반 만에 위기. 2009년 9월, 한겨레출판으로 이직. 2년 만에 위기. 2012년 상반기, '퇴근 후 렛츠', '깨달음의 장', 런던도서전 출장 등으로 재직 기간 연장.

주기상 2013년 말에서 2014년 초에 네 번째 위기가 도래해야 했다. 그리고 당연하게도 2013년 하반기 '이거 다 해서 뭐하나', '내가 이 일을 잘하고는 있는 건가' 하는 생각이 찾아왔다. 하지만 연말에 출판인 해외연수 지원사업 대상자로 선정되면서 이번 위기는 가볍게 지나갔다. 눈앞의 타이틀을 진행하면서 틈틈이 연수를 준비하고 있자면 한가한 (?) 생각을 떠올릴 겨를이 없었다.

또한 2013년이 끝나고 2014년이 되면서 회사 내에서의 위치에도 변화가 생겼다. 나를 이끌어주던 임윤희 팀장(현재 출판사 나무연필 대표)의 퇴사로 내가 인문팀장 자리를 물려받게 된 것이다. 임윤희 대표는 내 단행본 출판 경력에서 유일하게 '사수'의 느낌으로 남아 있는 분이다. 살림출판사에서는 입사 후 퇴사 때까지 1인팀으로 일했기 때문에 사수라 부를 만한 분이 없었고, 한겨레출판에 온 이후에도 박상준 팀장은 무조건 격려하고 응원해주는 스타일이라 내게 따끔한 충고나 잔소리랄 것을 해준 이는 임윤희 선배뿐이었다. 이미 나 역시 경력이 어느 정도 찬 이후여서 선배가 나를 부사수 다루듯 엄격히 대하지는 않았기에 본인은 부정할지 모르겠으나, 적어도 내게는 그렇게 남아 있다. 2012년 임윤희 선배와 둘이 인문팀을 꾸리면서 성기준 마케팅팀장과 셋이 호흡을 맞춰 한겨레출판 인문팀의 그림을 그려나갔는데 이때가 팀이라는 느낌으로 가장 즐겁게 출판일을 했던 시기가 아니었나 싶다. 하지만 2013년을 지나면서 가장 믿고 의지했던 두 선배가 차례로 한겨레출판을 떠났다.(성기준 선배는 곧 위즈덤하우스에서 일을 다시 시작했고, 임윤희 선배는 나무연필이라는 1인출판사를 열었다.) 그런 과정에서 나 역시 당연히 엉덩이가 들썩들썩할 수밖에 없었다. 하지만 해외연수라는 달콤한 과실이 눈앞에 있었고, 거기에 '팀장'이라는 직함까지 얻고 나니 다시 엉덩이를 착 하고 의자에 붙일 수밖에 없었다.

혼자 일하거나 팀원으로 일할 때의 나를 뒤돌아보면 그래도 그렇게 많이 부끄러운 편은 아니다. 하지만 팀장으로의 나를 되돌아본다면 부끄럽기 짝이 없다. 팀장으로 첫해인 2014년은 석 달간 해외연수로 자리를 비웠고, 연수 전 반년 동안도 팀을 만든다기보다는 내가 담당한 타이틀을 출간하는 데에만 집중했다. 연수에서 돌아와 마주한 우리 팀의 모습은 선장 없는 배의 혼란한 모습 그대로였는데 난 그걸 유능하게 극복해내지 못했다. 어영부영 2014년이 지나고 2015년이 되었는데 2015년 상반기는 결혼 준비로 또 정신이 없었다. 그리고 신혼 여행을 다녀와서 복귀한지 얼마 안 돼 곪았던 상처가 터지기 시작했다. 팀원 한 명이 퇴사를 결정한 것이다. 표면적 이유는 당시에 출간한 책에서 드러난 문제와 그 문제를 해결하는 과정에서 생긴 오해라고 에둘러 얘기할 수도 있겠지만, 사실은 내가 팀장 역할을 제대로 하지 못했기 때문이었다. 내 신혼 여행 시기에 마감한 책에서 생긴 문제였는데 그 수습 과정에서 나는 그 후배를 적극적으로 보호하지 않고 어정쩡한 모습만 보였다. 그보다도 그와 함께한 지난 시간 동안 그에게 어떠한 비전도, 성장의 경험도 선사하지 못한 탓이 더 컸을 것이다. 그의 퇴사 앞에서 나는 무기력했고, 남은 팀원 한 명을 이끌고 팀을 다시 일으킬 자신도 없었다.

공교롭게도 2013년 말 네 번째 위기가 가볍게 다녀간 뒤 꼭 2년이 되는 시기였다. 돌아보면 애초에 한겨레에 오면서 다짐했던 5년도 훌쩍 지나 만 6년이 되었고, 출판계 입문은 만 10년이 되어 가던 때였다. '10년이면 많이 했다. 이제 쉬자.' 갓 결혼하고 달콤한 신혼 생활을 만끽하던 때였는데 '퇴직금으로 몇 달 더 진하게 즐기자' 하는 마음도 들었다.

대표에게 면담을 신청했다. 더는 못하겠다. 팀장으로 자질도 부족하고, 편집자로도 부족한 게 너무 많다. 그만두는 게 좋겠다. 이런 이야기를 한참 늘어놨다. 물론 순교자의 느낌은 전혀 아니었다. 마지막이라는 생각으로 이런저런 험담도 늘어놓고 회사에 대해 마음에 안 드는 부분도 솔직하게 털어놓고 그랬다.

면담의 결과는 퇴사가 아니라 '1인팀'이었다. 남아 있던 팀원은 다른 팀으로 보내고 나는 혼자서 팀에 쌓여 있던 원고들을 진행해나가는 쪽으로 정리가 된 것이다. 팀을 떠날 수밖에 없던 팀원에게는 면목 없지만, 내게는 생명줄이 연장되는 순간이었다.

2016년 한 해를 그렇게 오롯이 혼자서 보냈다. 점심시간에도 특별히 약속이 있지 않은 한 되도록 혼자 밥먹으려고 했다. 그해 점심시간 혼자서 서둘러 식사를 마치고 공덕동 골목골목을 산책하던 날들이 내게는 처량하기보다는 찬란한 기억으로 남아 있다. 정말로 값진 외로움이었다. 회사 내의 여느 관계에서 떨어져 온전히 책 그 자체에 집중했던 해였기에 그해 진행했던 책들이 유독 기억에 남는다. 『여신의 언어』, 『주식회사 대한민국』, 『세기의 재판』, 『자이니치의 정신사』, 『이희호 평전』.

그리고 그해 마지막날 이런 생각을 적었다. '편집'자로서는 여한이 없는 한해였다. 새해에는 '출판'인으로 거듭날 수 있기를.

여섯 번째 위기

'편집자로는 여한이 없다. 출판인으로 거듭나고 싶다.'라고 편집자와 출판인을 구분해 이야기한 것은 개별 타이틀을 잘 만드는 것을 넘어 출판계 전체를 조망하면서 우리 사회에 필요한 책을 내고 그에 걸맞은 결과를 가져오는 실력을 갖추고 싶다는 뜻이었다. 이미 개별 타이틀의 책임 편집자로서는 좋은 경험을 차고 넘치게 했기에, 그 이상의 역할을 해야만 한다는 자각이 든 것이다. 햇수로 13년 차가 되는 시점에 갖게 된 새로운 목표였다. 실은 진즉에 이런 목표를 세웠어야 했다. 팀장이 되던 때 이런 역량을 갖췄어야 했는데 그러지 못했고 그것이 팀의 위기를 불러왔다.

마침 2017년이 시작되면서 조직 개편이 있었고 나는 새로운 팀원과 함께 일하게 되었다. 하지만 이때도 나는 준비되지 않은 팀장이었다. '실패한 팀장에서 벗어나고 싶다. 번듯한 팀을 만들고 싶다'는 마음만 앞서고 그에 맞는 실력은 부족했기에 새로운 팀원에게도 불필요한 부담만 지우고 말았다.

하지만 곧이어 더 큰 일이 기다리고 있었다. 3월 정기 주총에서 대표이사가 교체되는 일이 벌어진 것이다. 자회사가 출범하던 2006년부터 10년 동안 한겨레출판을 이끌어온 이기섭 대표가 재계약에 실패하고 이상훈 대표가 새로운 대표이사로 부임했다. 이기섭 대표는 1990년대 초 한겨레신문사가 단행본 사업을 시작하면서 영입한 제1호 출판 편집자 사원으로 팀장, 부장, 사업단장을 거쳐 자회사 출범과 함께 대표이사를 맡은 그야말로 '한겨레출판의 역사'라고 할 수 있는 분이었다. 자회사 출범 이후 고속 성장하던 한겨레출판이 2014년 정도를 정점으로 하강세로 돌아서기는 했지만, 내부적으로는 다수의 구성원이 이를 인지하고 새로운 도약을 준비하고 있었다. 하지만 대주주인 모기업의 결단은 냉정했다. 대표 교체의 소문이 나돌자 노조를 중심으로 일방적인 대표 교체의 문제점을 지적하는 활동을 펼치기도 했지만, 대주주 결심을 되돌릴 수는 없었다. 모기업은 한겨레출판의 정체는 출판 편집자 출신 경영자의 한계라고 판단하고 대표이사 교체를 단행했다. 새로 부임한 이상훈 대표는 친환경 유통업체인 초록마을의 대표이사를 지낸 전문 경영인이었고 직전 해에 경영상의 위기에 처한 한겨레교육(한겨레문화센터로 유명한)에 부임해 눈에 띄는 성과를 보이고 있었다. 한겨레신문사는 이상훈 대표에게 한겨레교육과 한겨레출판의 경영을 동시에 맡기며 교육 문화콘텐츠 사업 분야의 동반 상승도 기대하고 있었다.

2017년 상반기는 한겨레출판의 조직적 급변기였다. 퇴사자도 많이 나왔고, 신규 입사자도 늘었다. 나는 노조 분회장의 역할도 맡았는데 이런 급격한 변화 속에도 갈피를 못 잡고 있었다. 새롭게 팀을 구성하면서 욕심이 앞섰고, 그만큼 따라주지 않는 역량 때문에 스트레스도 늘었다. 새 대표이사 부임 이후에는 내 부족한 부분도 더 많이 눈에 띄었다. 특히 사업적 접근에 있어서는 전혀 준비되어 있지 않았구나 하고 느꼈다. 그리고 집에는 이제 갓 태어난 은호가 기다리고 있었다. 생각이 많아지고 힘이 부치다고 느끼는 날이 늘어나니 어느새 '퇴사'라는 키워드가 맴돌았다. 혼돈 속에서 하나하나씩 다시 쌓아갈 생각은 들지 않고 어디론가 도망치고 싶다는 생각만 커져갔다.

한겨레출판을 다니며 첫 번째 퇴사를 계획했던 2011년 삼십 대 초반의 나는 출판일을 그만두고 다른 어떤 일을 해도 잘할 수 있을 거라는 자신감이 있었다. 하지만 연차가 쌓이고 나이가 많아지면서 과감히 출판계를 벗어나는 상상은 잘하지 못했다. 편집자는 그만두더라도 출판동네에서 일하고 싶다는 생각에서 벗어나지 못했다. 마케터로 전향해보는 건 어떨까? 시장에서 살아남기 힘든 건 마찬가지 아닐까? 그러면 출판동네를 서포트하면서 일자리도 안정적으로 보이는 대한출판문화협회나 한국출판문화산업진흥원 같은 곳은 어떨까? 생각은 계속해서 꼬리에 꼬리를 물고 이어졌다.

그해 여름, 이런 생각들 속에서 이제 편집자 생활은 그만두어야겠다고 마음먹었다. 그런데 신기하게도 막상 그렇게 마음을 먹고 나니 '이런 책을 만들어 보면 어떨까?' 하는 생각이 계속해서 찾아들었다. 기획의 압박 속에서 늘 허덕여 왔는데 이상하게도 그만두려고 하니 미련이 생기는 것이었다. '너 편집은 실컷 했을지 몰라도, 기획은 제대로 해본 적 없잖아?' 이런 내면의 목소리가 들리는 것 같았다.

지금 원더박스에서 함께 일하는 이기선 부장으로부터 전화를 받은 게 그 즈음이었다. 이기선 부장은 살림출판사 시절 동료였다. 임중혁 팀장 퇴사 이후 인문팀장을 맡아 고군분투하다 회사를 옮겨 불광출판사에 안착한 지 꽤 된 상태였다. 그간 종종 만나며 근황도 나누고 서로 응원도 하고 하던 사이라 뜬금없는 연락은 아니었다. "새로 원더박스를 맡게 되었어요. 함께 일할 팀원을 구해야 하는데 주변에 괜찮은 사람 있으면 추천 좀 해주세요."

아직은 잘 지내고 있습니다

"저는 어때요?"

3~5년 차 정도의 팀원급 인력을 찾는 사람에게 15년 차가 다 되어 가는 팀장 직함의 동료가 "저는 어때요?"라고 물었을 때 나올 법한 딱 그 정도의 당황 섞인 웃음소리가 들렸다. 나 역시 농담인듯 농담 아닌듯 웃어 가며 이야기를 이어갔다. 그리고 며칠 뒤 우리는 만나서 의기투합을 하고 만다. 둘이 한번 신나게 일해보자고.

전부터 이런 생각을 종종 했다. '마흔이 넘어서 계속 출판 일을 하는 방법은 두 가지뿐이다. 사장과 영혼의 동반자가 되거나, 사장이 되거나.' 동반자가 될 뻔했던 사장은 떠났고(역시 오너 사장이어야 가능한 얘기다), 내가 출판일을 계속하는 길은 '사장이 되는 것' 하나만 남았다고 생각하던 즈음이었다. 하지만 사장이 되는 길을 가기에는 너무나도 준비가 부족하다고 느끼던 터였다. 팀장도 제대로 못하면서 사장은 무슨 사장. 그때 날아온 이기선 부장의 제안은 충분히 매력적이었다. 내 식대로 정리하면 원더박스는 불광미디어의 지원을 받아 이기선과 정회엽이 공동 운영하는 작은 출판사였다. 한겨레출판에서 버거웠던 것이 내가 팀장이긴 했지만, 내가 주도적으로 결정하는 사항들이 너무 제한적이라는 점이었다. 물론 핑계의 측면도 많기는 하지만, 그래서 더는 핑계댈 것이 없는 곳, 오롯이 내 역량으로 결과를 보일 수 있는 곳에서 다시 도전해보고 싶다는 마음이 생겼다.

그런 마음으로 시작한 원더박스는 실제로 내게 많은 기회를 줬다. 원더박스에서 하고 싶은데 진행하지 못한 일은 없다. 다만 내 안의 확신이 부족해 못한 일이 많을 뿐. 마음에 드는 책도 많이 냈고, 독서 모임이나 도서전 참여 등의 활동도 원 없이 했다. 브랜드 운영에 있어서 다양한 고민과 실험도 충분히 했다. 하지만 성과의 측면에서 보면 실패다. 2년 정도의 실험 기간을 거치면 3년째부터는 안정적으로 굴러갈 것이라 기대했으나 4년째 실험 중이니까 말이다. 여전히 우리가 어떤 책을 어떤 식으로 내고 어떤 식으로 알려나가야 할지 그 답을 찾기 위해 계속해서 좌충우돌하고 있다. 과연 언제까지 회사가 이런 우리를 기다려줄 수 있을지. 이 기간 개인적으로는 이제 핑계댈 수 있는 것이 없다보니 나를 더 냉정하게 바라볼 수 있게 되었다. 그간 이래저래 조직을 탓하면서도 그런 조직의 덕을 많이 보고 있었구나,

그런 겉옷을 벗어던졌을 때 순수한 내 역량이라는 게 실제로는 많이 부족하구나 하는 것을 느낀다.

하지만 또 한편으로는 그래도 그간의 경험들이 내 안에 쌓여 나를 필요로 하는 사람이 생기기도 하는구나 생각하면 신기하기도 하다. 한겨레출판 재직 막판에 제안 받은 『한겨레21』「편집자의 메모」 연재를 2년 가까이 진행하면서, 오래 버티다 보니 내게도 이런 기회가 오는구나 싶었다. 이 책의 출발점이 된 『출판문화』 원고 청탁도 그렇고, 그저 그렇게 그 시간 동안 이 동네에 있었다는 것만으로 여기저기에서 나를 찾는 느낌을 받았다. 『한겨레21』 연재를 징검다리 삼아 잠깐이지만 KBS 라디오에서 책 소개 코너를 맡기도 했는데 방송국을 향하면서 내가 이렇게까지 남들 앞에 나서도 되는 사람인가 하는 생각을 많이 했다. 2014년 출판인 해외 연수에서 복귀했을 때 '이렇게 받기만 해도 되나' 하는 부채의식이 생기기도 했는데 최근에는 그 부채의식이 커져 가는 것 같다.

우연히 시작한 일이었지만, 참 좋은 일이었고 중간중간 그만두고 싶은 생각도 참 많이 들었지만, 어찌어찌 지금껏 이 일을 하고 있다. 출판계 안에서 많은 기회도 받았고, 그러면서 나 자신도 출판동네 사람들을 참 좋아하게 되었는데 내가 돌려줄 수 있는 건 무엇일까? 아직은 잘 모르겠다. 그저 이렇게 아직은 잘 지내고 있다고 이야기하는 것밖에.

버티라, 언젠가는 내게도 기회가 오리니 『기획회의』 503호(2020.1.5.)

'아, 이제 나도 기획자 노트 릴레이에 이름을 올리는구나.'

『기획회의』를 살펴보는 편집자라면 「기획자 노트 릴레이」
를 그냥 지나치진 않을 것이다. 그런 지면에 글을 쓰려니 여
간 쑥스러운 게 아니다. 어쨌든 이 지면을 통해 독자가 얻
어 갈 팁이라는 게 있어야 할 텐데, 아니면 뭔가 흥미로운
무용담이라도 있어야 할 텐데 내게는 그럴 만한 게 없다.

그렇다면 기획의 실마리를 찾으려 이 글을 읽을 독자에게
내가 줄 수 있는 게 뭐가 있을까? 굳이 찾자면 '위안' 정도?
어쨌든 15년 정도 이 일을 계속하면 이런 훌륭한 지면으로
부터 청탁을 받을 수도 있구나 하는. 예전에는 어림도 없었
을지 모른다. 하지만 경력 많은 편집자가 출판사에 재직하
기 어려워지는 걸 감안하면 이젠 15년도 짧은 경력은 아닌
것 같다. 나보다 우수한 많은 편집자가 여러 이유로 중도에
출판계를 떠나고 말았다. 나라고 그런 고민을 하지 않은
것은 아니지만, 어쩌면 그들보다 게을렀기에 또는 그들보

다 치열하지 못했기에 아직 남아 있는지도 모르겠다. 그리고 아직 남았다는 이유로 이런 영광스러운 지면 채우게 됐는지도 모르겠다.

어쩌면 넋두리에 가까울 이 글을 통해 개인적으로 바라는 것은 한 가지다. 각종 스트레스에 자존감은 바닥을 치고 그래서 이 바닥을 떠나야겠다고 생각하던 누군가가 이 글을 읽고 '저런 사람도 기획자랍시고 떠드는데 까짓것 이 바닥을 뜨더라도 기획자 노트 릴레이에 이름은 한 번 올려놓고 떠야겠다.' 하고 마음을 다잡게 되는 것! 이 글을 읽는 당신은 분명 나보다 훌륭한 기획자일 거라고 믿는다.

그럼 이제 쑥스러움은 잠시 밀어두고, 내가 진행했던 몇 가지 책에 대한 이야기를 펼쳐 보겠다.

정우성의 첫 책 탄생 이야기

사실 『기획회의』 박소진 편집자로부터 청탁을 받은 것은 이번이 두 번째다. 첫 번째 청탁은 497호 '셀럽과 출판' 특집에 정우성 에세이 『내가 본 것을 당신도 볼 수 있다면』의 담당 편집자로 '셀럽 출판을 둘러싼 출판 시스템'에 대해 이야기해달라는 것이었다. 거절할 수밖에 없었다. 내가 '셀럽 출판'이나 '출판 시스템'에 대해 논할 수 있는 사람이 아니었기 때문이기도 하지만, 이 책이 '셀럽 출판'의 범주에서 언급되는 걸 원치 않았던 이유가 더 컸다. 그리고 석 달 후 이번에는 「기획자 노트 릴레이」 코너에 『내가 본 것을 당신도 볼 수 있다면』을 비롯한 여러 책의 기획 이야기를 들려 달라며 청탁했다. 그러니 우선은 이 책 이야기부터 전해야겠다.

시작은 2017년 12월 12일 『경향신문』에 실린 기고문이었다. 인물 동정을 주로 전하는 「사람과 사람」 지면에 「정우성 '로힝야 난민촌' 방문기」라는 타이틀을 단 칼럼이 실렸다. 바이라인에는 담백하게 이렇게만 나와 있었다. '유엔난민기구 친선대사'.

짧지 않았던 그 글을 통해 내게 전해진 건 '배우 정우성'이 아니라 '유엔난민기구 친선대사'의 간절함과 진정성이었다. 자세한 것까진 모르겠지만, 로힝야 난민촌의 상황이 가진 어떤 '절박함'이 구체적 물체가 되어 내 품에 턱하니 안기는 것만 같았다. 봉사 활동 후기의 느낌은 전혀 없었고, 오히려 활동가의 호소문 같다는 느낌이 물씬 풍겼다. 이런 내용의 글이라면 책으로 나와도 좋지 않을까 하는 생각이 들었다. 그리고 무엇엔가 홀린 듯 이내 메일을 써 보냈다.

칼럼 하나 읽고 무턱대고 메일부터 보낸 후에서야 이런저런 자료를 찾아보기 시작했다. 그는 이미 2014년부터 매해 한 차례 이상 세계 난민촌을 방문하고, 그곳의 소식을 우리에게 알렸다. 해외 난민 캠프를 다녀와서 TV나 라디오 방송에 출연한 것도 이미 여러 번이었고, 때마다 기자 간담회를 열어 기사화된 것도 많았다. 신문 기고도 이번이 처음이 아니었다. 당시까지만 해도 배우 정우성의 팬이라고 하기도 어려웠고 난민 문제에 관심도 크지 않았기에 그의 이런 활동을 거의 인지하지 못하고 있었는데 그의 지난 활동을 확인할수록 기대보다는 부끄러움이 앞섰다. '이런 내가 이 책을 진행해도 되는 걸까?'

그런데 너무나 신기하게도 일이 술술 풀렸다. 아마도 메일을 다른 이가 아닌 유엔난민기구 공보관에게 보낸 것이 유효했던 것 같다. '정우성의 유엔난민기구 친선대사 활동기'를 펴내야겠다고 생각하고 내가 제일 먼저 한 일은 유엔난민기구 홈페이지에서 친선대사 활동 관련 자료를 찾아본 것이었다. 마침 홈페이지에는 친선대사 활동 관련 보도 자료들이 잘 정리되어 있었고 담당자와 연락처도 명기되어 있었다. 그래서 담당 공보관에게 메일을 보낼 수 있었다.

국경없는의사회 활동기 출간의 경험

정우성의 책을 만들겠다면서 소속사나 저자에게 직접 연락

하지 않고 유엔난민기구로 먼저 연락해야겠다고 생각한 건 순전히 『국경 없는 괴짜들』이라는 책을 진행하며 겪은 경험 덕분이다. '국경없는의사들'이라는 국제인도주의 의료 구호단체의 활동기 성격의 책이었는데 투고된 원고를 살펴보다가 흥미로워 진행한 경우였다. 책에는 구호 현장의 소소한 이야기들이 극화되어 담겼고, 구호 현장의 사진도 다수 실렸다. 출간이 되자 국경없는의사회의 법률대리인으로부터 연락이 왔다. 단체의 활동 내용을 단체와 충분한 협의 없이 출간한 점(물론 저자를 통해 이런 책이 출간된다는 것을 알리고 원고 내용도 공유하긴 했다. 다만 단체의 로고 등이 사전 협의 없이 사용된 것이 문제였다)과 단체가 저작권을 공동 소유하는 사진들을 단체와 상의 없이 사용한 점(물론 사진을 찍은 사진가에게는 사전에 사용 허락을 받았다)이 문제가 되었다. 자칫하면 출판 금지 가처분 소송까지도 갈 뻔했지만, 국경없는의사들 한국지부를 통해 오해를 풀어 소송까지 가지 않고 문제를 해결할 수 있었다.

이때 경험은 '유엔난민기구 활동기를 펴내려면 유엔난민기구의 협조를 먼저 확보해야 한다'는 생각으로 바로 이어졌다. 나중에 듣기로는 소속사 쪽으로도 출간 제안이 여럿 들어갔다고 하는데 아무래도 유엔난민기구 활동과 관련된 일이다 보니 소속사에서도 적극적으로 움직이지는 못했던 것 같다.

유엔난민기구 입장에서는 친선대사 활동기에 대한 고민을 구체화해야겠다고 생각하던 즈음에 내 메일을 받게 되었다고 한다. 친선대사의 활동이 5년 정도 쌓이면 책을 펴낼 수 있지 않을까 하고 있었는데 마침 그때 내가 메일을 보낸 것이다. 유엔난민기구 한국대표부에서 본격적으로 출간을 지원하였고, 저자 역시 친선대사 활동의 연장선이라고 생각하고 적극적으로 임했다. 출간 후 〈채널예스〉에서 진행한 인터뷰에서도 저자는 자기 이야기를 쓰려고 했다면 이번 책을 내지 않았을 거라고, 난민들의 상황을 알리기 위해 쓴 것이라고 분명한 어조로 이야기했다. 그가 이 책에 임한 자세가 어떠했는지 다시 한번 확인할 수 있었다.

그러다 보니 자연스레 '배우 정우성'의 책이라기보다는 '유엔난민기구 친선대사'의 책이라는 성격이 명확해졌다. 저자 역시 이 책의 주인공이 친선대사인 자신이 아닌 난민들과 이들을 위해 헌신하는 활동가들이 되어야 함을 강조했다. 책의 인세를 전액 유엔난민기구에 기부하는 건 너무나도 당연한 일이 되었고, 책의 톤도 '현장에서 보고 들은 것을 꾸미지 않고 전한다'는 쪽에 맞춰졌다. 내심 이 책이 독자들에게 '인기 연예인의 책'이라기보다는 '현장 활동가의 책'처럼 받아들여지길 바랐고, 그런 생각이 『기획회의』의 '셀럽과 출판' 관련 청탁을 거절하는 데까지 이어진 것 같다.

어쨌든 칼럼을 통해 내게 전달되었던 저자의 간절함과 진정성이 나를 움직였고, 이제 세상에 책이라는 형태로 다시 소개되었다. 내가 느꼈던 그의 진심이 이 책의 독자들에게도 잘 전달되었으면 하는 마음이다.

기획은 꼬리에 꼬리를 물고

한 책을 재미있게 읽고 나면 관련된 다른 책을 자연스럽게 읽게 되는 경우가 많은 것처럼 기획에서도 앞의 책들이 다음 책으로 가는 안내자가 되는 경우가 많다. 『내가 본 것을 당신도 볼 수 있다면』이라는 책을 진행하면서 나 역시 난민 문제에 대한 관심이 늘어 관련 기획거리들이 더 눈에 들어오기도 했고, 원더박스가 이 책을 낸 출판사로 알려지면서 난민 문제를 다루는 매력적인 출간 제안도 적지 않게 받게 되었다. 원더박스가 '난민 문제 전문 출판사'가 될 수는 없기에 더 적극적으로 나서지는 못하겠지만, 1년에 한두 권씩은 꾸준히 관련 책들을 펴나갈 생각이다. 그렇게 기획은 꼬리에 꼬리를 물고 이어지는 것 같다.

이런 차원에서 소개하고 싶은 책이 『적과의 대화』다. 베트남전쟁 종전 20여 년 후 베트남과 미국의 전쟁 관련자들이 한자리에 모여 당시의 상황을 되돌아보며 '그때 전쟁을 피할 길은 없었는지' 열띤 토론을 벌이는 내용이다. 당시

NHK PD였던 저자가 만든 다큐멘터리를 단행본화한 것이다. 책은 이미 2004년 역사넷이라는 출판사를 통해『우리는 왜 전쟁을 했을까』라는 제목으로 우리에게 소개되었다 절판된 상태였다.

원더박스로 일터를 옮기기 전 한겨레출판 인문팀장으로 일할 때, 우리 팀에서 베트남전쟁 관련 도서 두 권을 작업했다. 한 권은 서울대 박태균 교수의『베트남전쟁』이고, 한 권은『한겨레21』을 통해 베트남전쟁에서 한국군에 의한 베트남 민간인 학살 문제를 끈질기게 소개했던 고경태 기자의『1968년 2월 12일』이다. 이 두 권 덕에 베트남전쟁에 대한 이해도 깊어지고 관심도 생겼던 터에, 당시 다른 출간 기획 건으로 만났던 조세영 교수(현 외무부 차관)로부터『우리는 왜 전쟁을 했을까』를 소개받았다. 외교의 필요성과 현장의 긴장감을 실감할 수 있는 좋은 책인데 절판되어 안타깝다는 이야기를 들려주었다. 도서관에서 어렵게 구해 읽어본 이 책은 짧은 분량에도 베트남전쟁을 둘러싼 복잡한 상황들을 입체적으로 보여주고 있어 매력적이었다. 베트남전쟁을 이해하는 데 이만한 콘텐츠가 얼마나 있을까 하는 데까지 생각이 미치니 복간 결정을 안 할 수가 없었다. 마침 남-북, 북-미 간 대화의 물꼬가 트이는 상황에서 한국전쟁의 상흔을 안고 있는 우리에게도 시사하는 바가 컸다. 비단 국가 차원에서만이 아니라 어제의 적과 함께 새로운 미래를 구상해야 하는 모든 이에게 생각할 거리를 던져 주는 책이었다.

앞서서 팀에서 진행한 책들과 저자 미팅에서 들은 책 이야기가 한데 어우러져 이 책의 출간으로 이어졌다. 세상에 없던 그 무엇이 내 머릿속에서 시작된 게 아니고, 앞서 있던 책들과 우연한 만남이 새로운 기획으로 이어진 것이다.

기획하는 걸까 기획당하는 걸까

위에 소개한 책들 외에도 내 경우에는 많은 책이 이러한 경로로 기획되고 출간에 이르렀던 것 같다. 어떤 글을 읽고 무엇에 홀린 듯 출간을 제안하고, 제안하는 과정에서는 그간의 경험들이 알게 모르게 도움을 주고. 참여한 책이 늘어나면서 어떤 분야에서는 배경 지식이 쌓이고 그 배경 지식 위로 누군가의 이야기가 던져지면 자연스레 출간으로 이어지고. 때로는 좋은 투고 원고가 내 앞까지 전해져 오고.

이렇게 보면 나는 적극적인 기획자는 아니었다. 하지만 그렇다고 기획 실적이 없다고 하기도 힘든 것 같다. 그저 출판사에서 월급을 받으며 순간순간 눈앞의 일들을 해온 한 명의 편집자일 뿐이고, 그러다 보니 또 그만큼 성과들이 쌓였다고 할까. 그래서인지 어떨 때는 기획은 하는 게 아니라

당하는 건 아닐까 하는 생각이 들기도 한다. 기획 그 자체가 생명력을 가지고 이 세상을 떠돌다 나라는 편집자를 매개로 세상에 나오는 건 아닌가 하는 그런 생각 말이다.

그러니 오늘도 기획 스트레스로 골머리를 앓는 편집자가 있다면 너무 자책하지 말기를. 하루하루 버티다 보면 좋은 기획이 제 발로 나를 찾아올지도 모를 일이다. 그리고 그렇게 경력이 쌓이다 보면 이렇게 어느 날 『기획회의』 「기획자 노트 릴레이」 코너의 청탁을 받을지도 모를 일이다.

이런 내 이야기가 당신에게 작은 위안이 되었으면 한다. 당신이 지치지 않고 이 일을 오래할 수 있었으면 하는 바람이다. 『기획회의』를 들춰 보며, 이 글을 찾아 읽는 당신 같은 사람이 출판동네에 오래오래 남아 있었으면 좋겠다.

○ 2부 | 편집자의 노트

B컷

이제는 좀 줄어들었지만, 출판사에서 일한다고 하면 많이 듣는 질문이 "무슨 일을 하나?"는 것이었다. 한 친척 어르신은 "백과사전 같은 걸 들고 다니면서 파는 거냐?"고 물으신 적도 있다. 가장 많이 받은 질문은 "그럼 책 쓰는 거야?"였다. "책은 작가가 쓰지" 하고 대답하면 고개를 갸우뚱거리는 이도 많았다. 좀 더 관심이 있는 사람은 "그럼 책을 디자인하는 거야?" 하고 이어 물었는데 "디자인은 디자이너가 하지" 하고 답할 수밖에.

디자이너는 책에 있어 작가만큼이나 중요한 존재다. 책이라는 물질은 결국 디자이너의 작업을 통해 생겨나기 때문이다. 책의 꼴을 정하고, 그에 맞는 재료를 정하고, 본문의 레이아웃을 정하고, 책의 겉표지를 정하는 과정은 디자이너 없이는 불가능하다. 특히나 표지가 얼마나 그 책의 성격에 맞고, 또 독자에게 매력적일 것이냐 하는 문제의 중요성에는 모두 공감할 것이다.

그렇다 보니 표지 결정 회의는 출간 과정 막바지의 가장 중요한 회의가 된다. 주로 외부 디자인실과 작업해온 내게 익숙한 풍경은 다음과 같다. 담당 편집자가 디자이너에게 표지 시안을 받으면 해당 편집팀과 담당 마케터가 모여 의견을 모은다. 이 과정에서 서로의 취향이나 책에 거는 기대 등이 다르다 보니 의견이 엇갈리고 서로 평행선을 달릴 때도 적지 않다. 그렇게 의견을 추린 후 편집인 혹은 발행인의 컨펌을 받는다. 하지만 이 과정에서도 결정 사항은 엎어지기 일쑤다. 결정된 출판사의 결론은 담당 편집자가 디자이너에게 전달한 후 마무리 과정을 진행한다.

참 곤혹스러울 때가 있다. 내 취향은 저격했지만, 결정 과정에서 그 누구의 지지도 받지 못하는 시안을 만났을 때다. "실장님 저는 이 시안이 참 좋은데요, 사장님이…" 비겁하긴 하지만, 이런 말을 내뱉은 적이 한두 번이 아니다. 그러다 떠오른 기획이 있다. 이름 하여 'B컷'. 채택된 A컷이 아닌 탈락한 B컷을 모아보고 그 뒷이야기를 들어보면 어떨까 하는. 어쩌면 그 디자이너가 구현하고자 했던 세계는 A컷보다 B컷에서 더 잘 드러나지 않을까 하는 생각이 들었다.

물론 늘 그렇듯 내가 생각만 하고 있을 때 누군가는 움직인다. 몇 년 후 실제로 『B컷』이라는 책이 나왔다. 「디자이너의 세 번째 서랍」이라는 매력적 부제와 함께! 김태형, 김형

균, 박진범, 송윤형, 엄혜리, 이경란, 정은경. 이 일곱 북디자이너의 B컷들을 A컷과 함께 소개하고 이 디자이너들의 이야기를 들어보는 구성이다. 개인적으로는 유력 북디자이너들의 경험과 생각을 엿볼 수 있어 더없이 흥미로웠다. 편집자로서 책에 대한 생각을 가다듬는 계기도 되었고, 책동네 사람들의 열정과 순수함에 다시 한번 감동하기도 했다. 책에서 말하는 것처럼 "작가는 수없이 많은 문장을 썼다 지우고, 편집자는 책을 향한 소통과 결정에 좌절을 맛보며, 디자이너에게는 선택되는 것보다 많은, 잊히는 B컷들이 있다. 우리는 그를 통해 배우고 성장하며 자신에 대한 믿음을 쌓아간다."

왜 이 책이 여기서 나왔을까?

책 만드는 일을 하다 보니 종종 '이 책은 잘 만든 것 같다'는 느낌을 받을 때가 있다. '잘 만든 것 같다'는 건 단순히 '좋다', '재밌다', '예쁘다'라는 게 아니라 책이 전하려는 내용과 그 책의 형식(제목, 카피, 디자인, 장정 등)이 조화를 이룬 것처럼 보인다는 뜻에 가깝다. 무언가 전하려는 메시지를 위해 그걸 담은 여러 요소가 일사불란하게 조직된 느낌이랄까? 물론 이 경우를 일컬어 '잘 만들었다'고 하는 건 그렇게 만들기 어렵다는 뜻이기도 하다. 그래서 어떨 땐 책의 여러 요소가 충돌하고 어딘가 균형을 이루지 못하는 모습이 더 흥미롭기도 하다.

『모든 요일의 기록』, 『모든 요일의 여행』 등으로 인기 작가가 된 카피라이터 김민철의 첫 책 『우리 회의나 할까?』도 내게 그런 책이다. 부제는 「아이디어가 진화하는 회의의 기술」, 띠지 메인 카피는 '박웅현과 TBWA \ KOREA의 100억짜리 아이디어는 어디서 오는가?', 띠지 서브 카피는 '세상의 모든 회의를 위한 회의 제대로 하는 법!' 전형적 비즈니스 실용서의 느낌이다. 그런데 출판사를 보니 사이언스 북스! 과학서 분야의 독보적 존재감을 가진 출판사가 이런 책을?

의문을 갖고 책을 펼쳐봤다. 곧바로 박웅현 크리에이티브 디렉터와 장대익 교수의 추천사가 나온다. 흥미롭게도 추천사와 함께 추천자의 프로필 사진이 컬러로 한쪽 꽉 차게 들어 있다. 내용을 보니 장대익 교수가 '박웅현 팀'을 연구 대상으로 삼았고 그 팀의 회의록 담당자가 이 책의 저자다. 진화학 분야에서 주목받는 학자인 장대익 교수라면 사이언스북스와 잘 어울린다는 생각이 든다. 사이언스북스-장대익-박웅현-김민철. '아하, 그런 연결고리를 통해 이 책이 이 출판사에서 나왔겠군!'

이어 본격적으로 저자의 글이 펼쳐진다. 책은 'SK텔레콤: 생활의 중심', 'LG엑스캔버스: 엑스캔버스하다', 'SK브로드밴드: See the Unseen', '대림 e편한세상: 진심이 짓는다' 네 개의 프로젝트가 어떻게 진행됐는지 흥미진진하게 전한다. 그런데 다 읽고 나니 실용서 느낌은 아니었다. 굳이 장르를 말하면 '메모어'(Memoir·서구에서는 굉장히 인기 있는 장르다. 그러나 직역해서 '회고록'이라고 하면 뭔가 다른 느낌이 된다)라고 해야 할까? 각 편은 기승전결 구조고 주요 등장인물의 캐릭터도 매력적이다. 그래서 소설이나 드라마를 보는 듯했다. 단박에 '회의의 기술'이나 '100억짜리 아이디어'를 손에 넣기는 어려웠지만, 광고회사가 어떻게 굴러가는지, 최고의 크리에이티브를 자랑하는 팀은 어떤 사람들로 구성돼 일을 진행하는지 생생히 엿볼 수 있었다. 그것만으로도 더 바랄 게 없었다.

과학 전문 출판사, 광고회사를 배경으로 한 흥미로운 드라마 같은 원고, 100억짜리 아이디어가 나오는 회의의 기술을 전해주겠다는 표지 등에서 느껴지는 전략. 어쩌면 이 묘한 부조화 때문에 내가 이 책을 더 좋아하는지 모르겠다. 이 책을 어떤 콘셉트로 '포장'해야 하는지 갑론을박했을 편집 회의 광경을 상상하며 미소를 짓는다.

회의에 회의적이 될 때

앞서 소개한 『우리 회의나 할까?』를 읽고 나서는 한동안 '멋진 회의를 하고 싶다'는 욕망에 사로잡혔다. 각자의 아이디어가 서로 상승작용을 일으켜 애초에 누구도 상상하지 못했던 최고의 결과를 이끌어내는 그런 회의 말이다. 내 일터, 내 업무에서도 그런 일이 벌어지길 바랐다. 혼자 괜한 기대를 하고선 마음 같지 않으니 혼자 실망한 적도 여러 차례. 팀장이 된 후 그런 마음은 더 커져 혼자서 온탕과 냉탕을 수시로 오갔다. 나부터 박웅현이 아닌데, 무얼 바랐던 걸까? 설익은 팀장 때문에 팀원들만 고생한 것 같아 미안할 뿐이다.

그러다가 『권외편집자』를 읽었다. 제목을 푼다면 '경계 밖의 편집자' 정도가 될 텐데, 1970~1980년대 일본의 『POPEYE』와 『BRUTUS』라는 잡지에서 일을 시작한 한 프리랜서 편집자의 자전적 이야기이자 출판론, 편집론이라 하겠다.

이 책의 저자 츠즈키 쿄이치는 회의 무용론자였다. 각자 아이디어를 몇 개씩 가져오고, 하나씩 재미있는지 없는지 함께 살펴보고, 살아남은 아이디어는 담당을 정해 추진하게 하는 회의. 통과되는 기획은 모두를 설득해야 하기에 모두가 알고 있는 기획이기 마련이고, 이는 곧 누군가가 이미 취재한 것을 재탕하는 것뿐이라는! 아무도 건드리지 않은 소재는 내세울 근거도 부족하고 결과물에 대한 확신도 없기 때문에 기본적으로 회의와는 어울리지 않는다는 것이다. 본인은 상사나 저자에게 보여줄 기획서를 쓰는 일도 거의 하지 않았다고 한다. 그저 재미있어 보이는 일이 있으면 먼저 취재를 시작할 뿐이었다고.

그에 따르면 편집은 기본적으로 고독한 작업이다. 책을 만들 때 중요한 것은 기술이 아니라 어떻게든 이 책을 만들고 싶다는 강한 의지인데, 동료라는 존재는 이 의지에 도움이 되기도 하지만, 때로는 방해가 되기도 한다는 것이다. 그렇다! 나 역시 얼마나 자주 동료의 의지에 찬물을 끼얹었던가. 더구나 회의라면 찬물을 미리 한 통씩 준비해 들어가지 않았던가. 얼마나 많은 회의가 일에 흥을 돋우기 위해서가 아니라 일이 실패했을 때의 핑곗거리를 마련하기 위해서 진행됐는가.

저자는 더 나아가 '독자층을 예상하지 마라', '절대 시장 조사 하지 마라'는 메시지까지 던진다. "알지도 못하는 누군가를 고려하지 말고 자신이 생각하는 '진짜'를 추구하라"는 신참 시절 편집장의 가르침이 자신을 진정한 편집자로 이끌었다고 한다. 내 생각에 공감해주는 사람은 25세의 독신 여성일 수도, 65세의 할아버지나 15세의 남학생일 수도 있다. 이들은 '한 명 한 명의 독자'이지 '독자층'이 아니라는 것이다. 그저 본인이 진짜로 재미있다고 생각하는 것을 눈치 보지 말고 끝까지 파고들라고 말한다. 호기심과 체력, 인간성만 있으면 결과물이 나온다는 점이 편집자로 사는 사소한 행복이라는 말과 함께.

여행객이 아닌 체류자를 위해

2012년 런던도서전 출장을 다녀왔다. 도서전 일과 외에는 틈틈이 런던 곳곳을 돌아봤다. 마침 올림픽을 앞두고 있어서였는지 괜히 깔끔하고 친절한 것 같아 참 마음에 들었다. 브리티시뮤지엄이나 내셔널갤러리 같은 곳의 관람료가 공짜라는 사실도 내게 큰 매력이었는데 특히 내셔널갤러리에 얼마나 마음을 빼앗겼는지 그 짧은 일정 중에 두 번이나 들렀다. 결국 돌아오던 길에 '딱 한 달만 런던에 살아봤으면' 하는 헛된 꿈을 품고 말았다.

그런데 그 꿈이 실현되었다. 운 좋게도 2014년 여름 석 달간 런던에서 머물 기회가 생긴 것이다. 한국출판인회의에서 백봉제기념출판문화재단의 지원으로 진행하는 출판인 해외연수 지원사업에 선발된 덕분이다. 어찌됐든 갑자기 런던에서 석 달간 지내야 하는 상황이 되었다. 무엇을 어떻게 준비해야 할지 막막할 수밖에. 단기간의 여행이나 출장이라면 그에 맞춰 준비하면 될 텐데, 석 달의 짧은 연수 기간에는 뭐가 필요할지 감이 잡히지 않았다. 다른 수가 있겠는가, 책부터 찾아봐야지. 여행객을 위한 가이드북은 충분히 많았지만, 나를 위한 책은 아니었다. 그렇게 책을 찾아보다가 『마인드 더 갭』을 만났다.

런던에서 지하철을 타면 늘 들을 수 있는 "mind the gap"이라는 말. 전동차와 플랫폼 사이의 틈을 조심하라는 이 말에서 '한국과 영국 사이의 차이를 주목하라'는 의미를 가져왔다는 저자의 소개도 그럴 듯했고, 영국 국기의 색을 활용해서 지하철 플랫폼을 형성화한 표지 이미지도 멋졌다. 『한겨레』 김규원 기자가 1년간 영국에서 가족과 함께 지내면서 겪은 영국의 모습에서 우리 사회에 시사하는 것들을 정리한 책인데, 영국 사회를 개괄하고 싶은 한국인에게 이만한 콘텐츠가 있을까 싶다.

실용적인 측면에서도 아주 큰 도움을 받았다. 여행이 아니라 영국에 처음 와 몇 달이나 몇 년을 살아야 하는 사람에게 저자가 가장 먼저 추천해주고 싶다고 한 자선 가게(채러티 숍) 얘기다. 우리로 치면 '아름다운 가게'를 연상하면 되는데 그 조언 덕에 아주 단출하게 짐을 쌀 수 있었다. 현지에서 사용할 가방이며 신발, 옷걸이나 각종 소도구 등은 모두 런던의 옥스팜^{Oxfam}에서 사고, 마지막에 런던을 떠날 때는 다시 그곳에 기부하고 돌아왔다.

당시에 찾아 읽은 루나파크 홍인혜의 에세이 『지금이 아니면 안 될 것 같아서』에도 도움을 많이 받았다. 직장에 사표를 던지고 훌쩍 영국으로 떠나 8개월을 지낸 이야기인데, 몇 개월 영국 체류자를 위한 팁이 꽤 쏠쏠하다. 무엇보다 펍에 가서 쫄지 않을 수 있는 자세를 확보할 수 있었다. 그뿐 아니라 이 책에 담긴 저자의 강권(!)으로 결국 노트북을 구입했는데 막상 런던에 도착하고 보니 호기롭게 인터넷과 단절된 삶을 살겠다고 마음먹었던 게 얼마나 위험한 일이었는지 가슴을 쓸어내렸다.

만약 이 두 책을 만나지 못하고 런던에 도착했다면 어땠을까? 그저 아찔하기만 하다. 2만 원도 안 되는 돈으로 이런 정보를 얻을 수 있다니! 책이란 얼마나 가성비 좋은 상품이더냐!

책의 적정 가격은 얼마일까?

2017년 『잘 있어, 생선은 고마웠어』라는 책을 작업할 때의 얘기다. 『북극곰은 걷고 싶다』 등으로 환경 논픽션 작가로 자리 잡은 『한겨레』 남종영 기자가 제주 남방큰돌고래 제돌이의 야생 방사 과정을 중심에 놓고 동물 복지의 기본 개념 등을 풀어놓은 책이었다. 420쪽 전체가 컬러였고, 가격은 16,000원으로 정했다.

출간 뒤 몇몇 사람에게서 책값이 좀 싼 것 아니냐는 지적을 받았다. 꽤 두툼한 분량이고 흑백도 아닌 컬러 책인데, 적어도 18,000원은 받아야 하지 않냐는 의견이었다. "좋은 책 싸게 만들어 널리 읽히게 하는 게 좋지 않겠습니까?" 너스레를 떨긴 했지만, 속으로는 '그러게! 좀 더 올려볼 걸' 하며 가슴을 쳤다.

한편으로는 부질없는 생각이 떠오른다. 물론 쪽수가, 그리고 색의 도수가 많아지면 제작비가 올라가고 그만큼 가격이 올라가는 건 당연하다. 그런데 이 요소들만으로 책의 가치가 올라갔다고 말할 수 있을까? 늘 콘텐츠가 중요하다고 이야기하면서도 상품 가치를 수치화하는 가격 책정에서는 콘텐츠의 무게가 아닌, 그것을 물화하는 데 들어가는 비용만을 기준으로 삼았던 건 아닌가?

벌써 15년이 지났지만 생생하게 기억나는 장면이 있다. 지금은 어크로스라고 주목받는 탄탄한 출판사를 운영하는, 당시에는 웅진지식하우스 편집장을 맡던 김형보 대표와 종로4가 근처 함흥곰보냉면에서 맛있게 점심을 먹고 나와 건널목을 건너기 위해 신호를 기다렸을 때다. 그날 만남은 학습지 편집자에서 성인 단행본 편집자로의 변신(?)을 꿈꾸던 상황에서 일종의 상담 혹은 예비 면접 같은 성격이었기에 살짝 들뜨긴 했던 것 같다. "인상 깊게 읽은 책으로 어떤 게 있어요?"였는지, "만들고 싶은 책으로 어떤 게 있어요?"였는지 질문의 정확한 내용은 헷갈리지만, 내가 한 답만큼은 정확히 기억난다. "신영복 선생님의 『강의』라는 책을 읽었는데 18,000원이라는 가격이 너무 싼 게 아닌가 하는 생각이 들었어요."

500쪽이 약간 넘는 분량이긴 했지만, 내가 그 책을 처음 사서 읽었던 2005년만 해도 대중교양서 성격의 책에 18,000원이란 가격은 흔하지 않았다. 나 역시 '뭐 이렇게 비싸?' 투덜거리며 샀다.

그런데 막상 읽고 나니 생각이 바뀌었다. 책을 펼쳐 읽다 보면 대학교 강의실에 앉아 한 학기 수업을 고스란히 듣는 것만 같았다. 실제 이 책은 저자가 성공회대학교에서 '고전 강독'이란 이름으로 진행한 강의를 정리한 것이다. 『시경』, 『서경』, 『초사』, 『주역』, 『논어』, 『맹자』, 『노자』, 『장자』, 『묵자』, 『순자』, 『한비자』 등 동양의 주요 고전들을 저자의 안내를 따라 읽어나가는 내용이다. 고전 소개에 치중하기보다 고전을 매개로 당대의 문제를 이야기하고 있었다. 강단에서 세상 이야기를 곁들이며 강의를 풀어가는 저자의 모습이 연상됐다.

당시 대학교의 한 학기 등록금이 300만 원 정도였다고 하고, 한 학기에 6~7개 수업을 듣는다고 단순히 계산하면 강좌당 가격은 40만~50만 원이다. 이를 2만 원도 안 들이고 누릴 수 있다니! 그것도 따로 노트 필기를 할 필요도 없고, 시간에 맞춰 강의실에 앉아 있어야 하는 것도 아닌데!

출판계의 이슈 중에 빼놓을 수 없는 게 도서 정가제다. 책을 너무 할인해서 팔다 보면 생기는 부작용을 막기 위한 게 제도의 취지다. 많은 소비자가 왜 더 싸게 살 수 있는 길을 막냐며 반발하기도 하지만, 출판계 특히 중소 규모 출판사와 서점에는 살아남기 위한 최후 방어선처럼 여겨지기도 한다. 흥미로운 점은 주변을 살펴보면 종이책을 자주 사서 읽는 사람일수록 도서 정가제에 대한 반발이 적고, 그 반대일수록 반발이 크다는 점이다.

위의 단순한 계산에서처럼 신영복의 『강의』를 통해 40만~50만 원짜리 강의를 접했다고 느낀다면 이 책이 2만 원, 3만 원, 심지어 5만 원이었다고 해도 싸다고 느꼈을 것이다. 그저 잉크가 묻은 제본된 종이 뭉치라고 생각한다면 1만 원, 아니 5,000원이라고 해도 살 이유가 없을 것이고.

과연 책의 적정 가격은 얼마일까? 오늘도 괜한 질문만 남긴다.

친절한 편집자를 만나면 생기는 일

편집자로 지내면서 뿌듯해지는 순간이 있는데 그중 하나가 책의 편집적 요소에 대한 칭찬을 들을 때다. 『확신의 함정』이라는 책의 한 출간 행사가 끝난 후 뒤풀이 시간. 그날의 게스트는 엄청난 독서가로 유명한 정혜윤 CBS PD였다. 그분께서 내게 글 중간의 중제가 참 적절하게 붙어 있고 책 끝에 부록으로 본문에서 다룬 책의 목록을 따로 정리해 실은 게 좋았다며 칭찬의 말을 건넸다. 독서계의 초고수로부터 인정 받은 느낌이랄까? 그 말을 들으면서 민망해하면서도 속으로는 뛸 듯이 기뻐했던 기억을 떠올리면 아직도 가슴이 뛴다.

편집자는 저자와 독자 사이에서 이 둘을 이어주는 일을 하는 사람이다. 저자의 이야기가 독자에게 더 잘 닿게 하기 위해 이런저런 친절한 요소를 준비하는 게 편집이라는 과정이다. 글의 호흡에 따라 적절하게 단락을 구분하고 필요한 중제를 달거나 독자가 더 궁금해할 것 같은 정보를 헤아려 준비해 놓는 것 등은 어찌 보면 티 안 나는 아주 작은 친절일지도 모르겠다. 경우에 따라 친절이 과한 게 부담이 되기도 하고, 영혼 없이 습관적으로 베푸는 친절도 있는 것처럼 편집도 불필요하게 과하거나 관습적으로 진행되기도 하는 것 같다. 그래서 꼭 필요한 친절을 만나면 더없이 반갑고 고맙다.

『떠날 것인가, 남을 것인가』는 편집자의 친절에 감탄하고 고마워하며 읽은 책이다. 솔직히 편집자의 배려가 없었더라면 끝까지 읽어내지 못했을지도 모르겠다. 이 책의 원제는 『Exit, Voice, and Loyalty』인데 퇴보하는 기업이나 조직, 국가에서 '이탈'이나 '항의' 혹은 '충성'이라는 반응이 어떻게 작동하는지 살펴보는 내용이다. 저자 앨버트 O. 허시먼은 국내에는 『보수는 어떻게 지배하는가』라는 정치 사상서로 유명하지만, 그 이전에 걸출한 연구 성과를 낸 뛰어난 발전 경제학자였다. 이 책이 저자가 발전 경제학자에서 사회 사상가로 거듭나는 기점이 되었다고 하니 더욱 주목해볼 만한 책이다. 특히 더 나은 기업이나 조직 혹은 국가를 만들고자 하는 이라면 꼭 읽어보길 권한다. 그렇지만 대중서라기보다는 연구서에 가깝기에 술술 읽어나가기가 쉽지만은 않다.

바로 이 지점에서 편집자의 역할이 빛난다. 우선 충실한 해제 성격인 옮긴이의 글을 책의 맨 앞에 배치해 독자로 하여

금 이 책의 주된 내용과 의미를 먼저 이해할 수 있게 돕는다. 물론 편집자의 활약은 여기서 그치지 않는다. 내가 감탄하고 고마워하며 읽은 것은 각 장이 시작하기 전에 나오는 한 단락의 리드글이었는데 거기에서 편집자의 깊은 내공이 느껴졌다. 어려운 내용을 완전히 소화한 후 핵심적인 문제 의식을 제시하는 이 리드글이 없었다면 나는 책을 읽는 내내 헤매고 또 헤맸을 것이다. 그리고 너무나도 멋진 이 책의 맨 마지막 문단을 결국 만나지 못했을 것이다.(꼭 끝까지 읽어보시길!) 끝까지 완주할 수 있도록 도와준 편집자의 공로에 다시 한번 감사의 마음을 표한다.

출판하는 마음

처음 출판사에 입사한 것이 2005년 12월이니 벌써 15년이 넘었다. 하지만 여전히 책 만드는 게 어렵고 매번 실수투성이다. 과연 이 길이 내 길인가 묻고 또 묻기만 벌써 몇 년째인지. 특히나 책을 너무나도 좋아하는 사람을 만날 때마다 스멀스멀 올라오는 열등감은 경력이 쌓여가도 사라질 줄 모른다.

나는 사실 어쩌다 보니 편집자가 된 경우에 해당한다. 인문학부로 입학해 철학을 전공하던 학부 시절 막연하게나마 대학원 진학과 학자로의 전망을 모색해보기도 했지만, 얼마가지 않아 '진학보다 취업'을 선택했다. 얼마간의 언론사 지망생 시절을 거친 후 이런저런 공채 사이트를 전전하다가 만난 게 어느 대기업 계열사의 '편집 직군'이었고, 그제서야 '편집자'라는 직업을 알게 되었다. 그리고 운 좋게 그 일을 시작하게 되었다.

기자나 PD가 되고 싶었던 건 '세상을 공부하면서 월급도 받는 일'이라는 생각 때문이었는데 막상 출판 편집자가 되고 보니 이 일이야말로 바로 그런 일이었다. 어떤 면에서는 공부도 더 깊이 할 수 있고, 일상의 안정성면(적어도 집밖에서 잠들어야 하는 일은 거의 없었으니까)에서도 훨씬 나았다. 물론 상대적으로 낮은 급여나 경우에 따라 근로기준법에도 미치기 어려운 노동 환경 등의 문제는 있었다. 거기다 매년 갱신해 가는 '단군 이래 최악'이라는 출판 시장의 상황까지.

그래서였을까? 주변에는 '월급 따박따박 나오는 좋은 직장'이어서 다닌다는 사람은 드물었고 '책이 너무 좋아서' 이 일을 한다는 사람이 많았다. 그들은 늘 좋은 책, 매력적인 작가 이야기를 했고 앞으로 어떠어떠한 책을 내고 싶다며 행복해했다. 그럴 때면 나 역시 그런 듯 맞장구치기도 했지만, 한편으로는 어딘가로 숨고 싶었다. 내가 과연 이런 사람 사이에서 책을 만들어도 되는 건가 하는 의문과 함께.

『출판하는 마음』을 읽지 말아야겠다고 생각한 건 이 책이 내 그런 열등감을 다시 한번 건드릴 것 같은 느낌 때문이었다. 그들의 출판하는 마음은 얼마나 뜨겁고 또 진지할 것인가. 하지만 결국은 집어 들었다. 언제까지 피할 수도 없는 노릇이고, 영 그렇게 괴롭기만 하다면 이참에 판을 뜨면 될 것 아닌가 하는 마음으로.

이 책에서 유독 자주 나오는 '장사'라는 단어 때문이었을까? 책을 읽고 난 지금 내 마음은 오히려 홀가분하다. 인터뷰어가 각기 자신의 자리에서 어떤 엄숙주의를 깨고 다른 사람과 더 많이 공감하고 소통하고 싶은 마음으로 분투하는 모습에 초점을 맞췄기 때문인지도 모르겠다. 더 뜨겁고 진지한 마음이 따로 있는 게 아니고, 각자의 출판하는 마음이 있을 뿐이라는 생각도 든다.

새삼 "삶이 바뀐다는 것. 만나는 사람이 바뀌고 돈 쓰는 데가 달라지는 일이다."라는 서문의 문장이 떠오른다. 책동네 사람을 만나고, 책에 돈을 쓰는 삶. 얼마나 멋진 삶인가. 권하고 또 권해도 부족함이 없을 것이다.

'소독'의 시작

2018년, 독서 모임 '소독'을 시작했다. 원더박스 SNS를 통해 모집한 독자들과 함께하는 모임이다.

시장은 안 좋아지고 앞으로 무슨 책을 내야 살아남을지 막막한 상황에서, 이 상황을 타개할 작은 힌트라도 얻을 수 있지 않을까 하는 마음으로 이런저런 세미나를 한동안 부지런히 쫓아다녔다. 다다른 결론은 출판사를 중심으로 저자와 독자를 아우르는 어떤 커뮤니티를 만들어내는 곳은 살아남고, 그렇지 못하면 살아남지 못할 것이라는 것. 여러 고민의 지점이 있지만, 무엇보다 '독자'라는 말 앞에서 주저하게 되었다. 우리 출판사는, 그에 앞서 편집자로서 나는 어떤 독자 커뮤니티를 만들어내고 있는가 하는 질문 앞에서 숨이 턱 하고 막혔다. 그간 독자를 너무 피상적으로 대해 온 건 아닌가, 매출이라는 지표 속에 나오는 숫자로만 대해 온 건 아닌가 하는 생각이 들었다. 한 명 한 명의 실재하는 독자를 직접 만나고 교감해야겠다는 생각이 든 것과 동시에 독서 모임에 대한 요구가 급증한다는 소식도 접했다. 특히 '트레바리'라는 독서 모임 기반 커뮤니티 서비스의 성공 사례를 접하고는 '아, 저거다' 했다. 독서 모임을 통해 독자를 직접 만나보기로 했다. 그렇게 매달 책 한 권을 읽고 만나 함께 이야기 나누는 모임을 시작했다.

첫 모임에서 함께 읽은 책은 『우리는 미래에 조금 먼저 도착했습니다』였다. 기자 출신 핀란드 여성이 미국 남성과 결혼해 뉴욕에서 지내면서 북유럽 사회와 미국 사회를 비교해 써내려간 논픽션이다. 원더박스의 책 중 시장과 독서계의 평가를 두루 좋게 받은 책이기도 해서 망설임 없이 첫 책으로 내밀 수 있었다.

두 시간이 어떻게 지났는지 모를 정도로 빨리 지나갔다. 처음 만난 사이라는 게 믿기지 않을 정도로 많은 이야기를 격의 없이 나눴다. 당시에 막 15개월 된 아이를 키우던 나는 특히 양육 부분에서 할 얘기가 많았다. 어떤 아이든 충분한 보살핌을 받아야 한다는 아이의 기본권 차원에서 부모의 육아 휴가도 보장하는 것이라는 점, 또한 부모도 부모의 삶을 살아가야 하기에 국가가 양질의 양육 시스템을 마련한다는 점 등은 내게 그냥 지나칠 수 없는 대목이었다. 자식을 곧 대학에 보낸다는 한 독자는 교육제도 부분이 인상적이었다며 우리 교육의 문제점을 조목조목 짚었다. 대학에서 신학을 전공했다는 한 독자는 북유럽 전통을 떠받치는 루터교에 대한 이야기를 꺼냈다. 독자를 이끌어보겠다는 생각도 없지 않았는데 그들에게 배우기만도 벅찼다.

가족에 경제적으로 의존해야 하는 미국형 사회와 개인의 경제적 자립을 국가가 보장하는 북유럽형 사회에 대한 이야기를 나누면서 우리 사회와 가족의 문제로 주제가 넘어갔다. 그리고 자연스레 다음 달의 책도 정해졌다.『이상한 정상가족』. 시장에 대한 걱정이 독자에 대한 확신으로 넘어가는 순간이었다.

나라는 독자가 변했다

아이가 세상에 나오고, 독자로서의 나도 변했다. 내 여러 정체성 중 부모로서의 정체성이 중심에 자리 잡게 되고, 그러다 보니 주로 읽게 되는 책에도 변화가 생긴 것이다. 그림책이나 육아서에 대한 수요가 늘었다. 아이의 밥은 언제 먹이고 또 잠은 언제 재우는 게 좋은지, 어떤 음식은 언제부터 먹여도 되는지, 또 열이 나면 어떻게 해야 하는지 등 아주 기본적인 것도 전혀 모르는 나를 깨닫게 되고 그때마다 책의 도움을 받았다.

역으로 딱히 육아서로 구분되지 않는 책도 육아서로 읽게되는 경우가 생긴다. 바로 『이상한 정상가족』이 그런 책이다. 무엇보다 '어떠한 경우에도 절대로 아이를 때리지 말자'고 다짐하게 되었으니 이보다 좋은 육아 지침서가 있을까. 책을 읽으면서 가장 인상적이었던 부분은 체벌에 대한 아이들의 기억을 정리한 내용이었다. "상처받음, 무서움, 속상함, 겁이 남, 외로움, 슬픔, 성남, 버려진 것 같음, 무시당함, 화남, 혐오스러움, 끔찍함, 창피함, 비참함, 충격받음." 아이들이 표현한 40개가 넘는 단어 중 미안함이나 반성함과 관련된 것은 없었다고 한다. 체벌의 교육적 효과는 어른 중심의 생각일 뿐 아이들은 정서적 피해만 입는다는 것이다. 나만 해도 폭력은 나쁘지만, 사랑의 매는 필요하다는 분위기 속에서 컸는데 이제는 사랑의 매도 안 된다고 외칠 때가 된 것 같다.

아이가 돌 좀 지났을 때다. 밥 먹다가 식기들을 마구 집어던지는데 나도 모르게 손이 올라간 적이 있다. 순간 흠칫하고 재빨리 손을 숨기긴 했지만, 누군가 옆에서 그런 건 때려서라도 제지하지 않으면 안 된다고 조언했다면 어땠을까. 기저귀를 갈아야 하는데 똥 묻은 채 온 집안을 헤집고 다닐 때, 그리고 엄마나 아빠를 마구 물어 아프게 할 때, 소리 질러 윽박지르기도 일쑤였다. 뭔가 아이가 잘못하고 있다는 생각이 들 때 그것을 바로잡기 위해 할 수 있는 방법에 대해서도 내가 많이 무지하구나 느꼈다.

그래서 책에 소개된 스웨덴의 사례가 더 반가웠다. 스웨덴 정부는 1979년 체벌금지법을 통과하면서 대대적 캠페인을 함께 벌인다. 체벌금지법의 내용과 함께 체벌 대신 사용 가능한 훈육 방법을 설명하는 16쪽짜리 설명서를 자국어와 이주민이 쓰는 여러 다른 언어로 만들어 아이가 있는 전국의 모든 가정에 배포했다는 대목에서 바로 이런 게 정부의

할 일이구나 싶었다.

물론 이 책에 체벌에 대한 이야기만 있는 건 아니다. 자녀를 소유물로 보는 관점의 문제에서부터 복지의 많은 부분을 가족이 떠안는 현실의 문제까지 아이를 키우면서 고민하게 되는 다양한 문제를 두루 만나게 된다. 그때마다 문제 의식은 더 분명해지고, 이를 해결하기 위한 길도 선명해진다. 부모가 될 이들이 꼭 읽었으면 좋겠다.

웰컴 투 육아 월드

군대 다녀오니 학과가 없어지고, 전역한 여단도 사라졌다. 아르바이트했던 대형마트가 망하고, 연재했던 매체들도 차례로 문을 닫았다. 주호민. 소셜네트워크서비스^{SNS}에서 '파괴왕'으로 불리는 만화가. 대통령 탄핵이라는 초유의 사태 때, 얼마 전 그가 청와대 앞에 다녀왔다는 소식이 알려지자 사람들은 '이건 과학'이라며 그 사실을 즐겼다.

나 역시 그와 작업한 적 있다. 쌍용차, 유성기업, 밀양 송전탑, 제주 강정마을 등 긴 싸움을 하는 '섬'들을 서로 잇는다는 취지로 시작된 '섬섬 프로젝트'. 만화가와 르포작가가 한 조를 이뤄 장기 투쟁 사업장의 이야기를 전하는 『섬과 섬을 잇다』를 작업하면서였다. 1권에 대한 뜨거운 반응은 2권 기획으로 이어졌고, 『섬과 섬을 잇다 2』에 주호민 작가가 참여해 기륭전자 이야기를 전했다. 그렇다면 3권은? 애석하게도 진행되지 않았다. 장기 투쟁 사업장이 없어져서일 거라 믿고 싶다.

한 장례식장에서 주호민 작가를 다시 만났다. 집에 오는 길에 차를 태워주셔서 이런저런 이야기를 나눴다. 마침 아들 녀석이 엄마 뱃속에 있을 때여서 자연스레 '아기'가 주제가 됐고『셋이서 쑥』이야기도 오갔다. 작가의 첫째아이 선재가 세상에 나올 때부터 돌까지의 이야기를 다룬 웹툰인데, 책으로도 출간돼 인기를 끌었다. 나는 괜히 '넷이서 쑥'은 안 하시냐며 싱거운 질문을 날렸다가 육아 고충 에피소드만 한아름 안고 돌아왔다.

그리고 몇 달 후 아기가 세상에 나왔다. 사람들이 아내가 임신 중일 때가 좋은 때라고 한 말을 믿지 않았는데 이내 믿게 됐다. 산후조리원에 있을 때가 좋을 때라는 얘기도 곧 공감했다. 산후조리원에서 나와 '백일의 기적' 운운하며 백일만 버티라고 하기에 믿고 기다렸는데 그다음에는 다들 돌 지나면 좀 나을 거라고 했다. 어느덧 이제 6살이 된 은호, '학교 가면 좀 나으려나' 하는 말을 꺼내면 돌아오는 답은 정해져 있다. "그때는 또 새로운 문제가 시작되지."

은호 백일이 조금 지났을 때, 한참 육아로 얼이 빠졌을 즈음『셋이서 쑥』을 집어들었다. 잠든 아기 옆에서 대기하며 틈틈이 읽었는데 전부 내 얘기 같았다. 예정일을 가볍게 무시하고 불쑥 찾아온 아기 때문에 허둥대며 산부인과로 향하던 그날 밤부터 난생처음 알게 된 고통의 모유 수유, 유아차며 카시트며 아기용품을 고심해서 고르고 또 고르던 일 등. 그중에서 가장 인상적인 건 '나도 젖이 나왔으면' 하던 순간! 나 역시 똑같은 생각을 했다. 한술 더 떠 인류사의 남성 우월주의는 어쩌면 젖이 나오지 않아 열등감에 빠진 남자들이 만든 거대한 음모 아닐까라는 생각까지 했으니.

그렇게 『셋이서 쑥』을 보며 울고 웃고 하니 나갔던 얼이 되돌아왔다. 세상의 모든 고난이 내게만 주어진 것 같았는데 막상 다 그렇게 살고 있단 걸 확인하니 어떻게든 또 지내볼 힘이 났다. 공감의 힘이랄까? 그때의 내게 이만큼 힘이 된 책은 없었다.

그림책 입문

출판일을 시작한 건 학습지와 전집을 출간하고 유통하는 대형 출판사에서였다. 처음부터 출판 편집자가 되어야겠다는 생각은 아니었지만, 제법 잘 적응해 다니고 있었다. 그런데 1년 정도 열심히 배워 기본적인 일은 어느 정도 해낼 수 있게 되자 불현듯 든 생각 때문에 결국에는 이직까지 했다. 유아와 초등생을 대상으로 하는 교육 문화 콘텐츠를 만드는 일을 해야 하는데 대상 독자에 대한 이해가 일천하고 그들을 이해하고자 하는 마음도 크게 생기지 않는데 내가 이 일을 잘할 수 있을까 하는 생각이었다. 또한 이 시장의 특성상 독자는 아이들이지만, 실구매자는 주로 부모가 되기 때문에 그러한 이중성에 대한 이해도 필요했는데 엄두가 나지 않았다. 아직 결혼과 육아가 남의 일처럼만 느껴진 이십 대 후반 때 이야기다.

십여 년의 시간이 흘러 멀게만 느꼈던 그 '타깃'에 가까워진 나 자신을 발견하고 깜짝 놀랐다. 은호가 갓 돌이 지났을 즈음이었을 거다. 『선』, 『간질간질』, 『알사탕』, 『메롱 크리

스마스!』, 『펭귄은 너무해』 같은 책들을 잔뜩 사놓고 이수지의 그림에 감탄하고 서현의 이야기에 배꼽 잡고 앉은 내가 떠올랐다.

그 출발은 『아빠하고 나하고』였다. 아이가 세상에 나온 걸 축하한다는 인사와 함께 받은 몇 권의 책 선물 중 아이가 유독 이 책을 좋아했다. 아직 기지도 못하는 아이가 이 책의 책장을 넘기며 신나 하는 모습을 볼 때면 '얘가 누굴 닮아 이렇게 책을 좋아하나' 하면서 남몰래 뿌듯해했다. 처음에는 아이가 좋아하나 보다 했지만, 나도 이 책에 빠져들었다. 특히 친근하면서 세련되고 따뜻하면서 위트 있는 그림은 몇 번을 봐도 질리지 않고 볼 때마다 미소를 짓게 된다.

그림책은 한 책을 사두면 수없이 읽게 되는데 사둔 책들을 그렇게 읽어도 아쉬운 점을 찾기가 쉽지 않다. 글자로 가득한 수백 쪽짜리 책을 만들다 보면 사실 놓치고 가는 부분도 적지 않은데, 그림책의 경우에는 재질부터 구두점까지 어느 하나 허투루 결정되는 게 없구나 하는 인상을 받고 새삼 감탄한다. 그렇게 그림책 시장에 독자 한 명이 늘어난 것이다.

'내가 타깃 독자인, 내가 즐겨 읽는 종류의 책을 만들고 싶다'는 마음으로 이직한 지도 10년 넘는 세월이 지났다. 그 동안 나는 과연 독자와 시장에 대해 얼마나 더 이해하게 된 걸까? 끊임없이 자문하게 된다.

웃음을 다시 찾기까지

"작가님, 왜 이렇게 웃기신 겁니까? 이렇게 진지하고 짠한 주제로 이렇게 사람 배꼽 잡게 하셔도 되는 겁니까?" 소설가 장강명이 『엄마의 독서』 원고를 읽으면서 몇 번이나 중얼거린 말이라고 한다. 하지만 난 한참을 읽는 동안 이 말에 전혀 공감하지 못했다. 엄마가 되어 답답한 현실에 내동댕이쳐진 작가의 상황을 보면서 어떻게 웃을 수 있지 하는 생각뿐이었다.

이 책을 읽은 건 은호가 세상에 나온 지 1년 6개월쯤 되었을 때다. 아들 녀석과 24시간 붙어 있으며 심신이 너덜너덜해진 배우자를 보고, 그 상황을 지켜보는 것만으로도 숨이 턱턱 막혔던 내게 이 책은 그 상황을 복기하는 것에 가까웠다. 그보다 조금 전에 『82년생 김지영』을 읽었는데 아이가 돌 지나고 얼마 되지 않은 시점에 김지영 씨에게 이상이 생긴 것을 보며 바로 그 즈음 아내 역시 유독 힘들어하던 것을 떠올리고는 괜히 가슴을 쓸어내리기도 했다. 미치지 않으면 다행인 중압감. 대한민국의 엄마들이 육아라는 과제 앞에서 받는 스트레스는 그런 것 아닌가 싶다. 그에 대한 솔직한 이야기가 펼쳐지는 이 책을 보고 감히 웃을 수가 있다니. 남자라서 그런가, 아이를 안 키워 봐서 그런가, 혼자 투덜대면서 절반 이상을 읽어 나갔다.

그러다가 내게도 웃음이 찾아왔다. 책의 절반을 조금 넘은 지점, 구성상으로는 총 9장 중 7장에 이르렀을 때다. 세상의 온갖 모순을 짊어지고 외롭게 하루하루를 버텨나가던 저자가 어느날 응급실로 실려 갔다가 동료 엄마들의 무조건적인 손길을 경험한 사건을 계기로 한층 너그러워지고 여유로워지면서다. 그전까지는 책 속에서 만나게 되는 다양한 육아 스트레스가 주는 팽팽한 긴장감이 나를 옭죄었다. 혹시 그 팽팽한 긴장의 끈이 끊기기라도 하면 어쩌나 조마조마하며 봤달까. 하지만 그 고비가 넘어가자 그런 조마조마한 마음은 사라졌다. 어느새 단단해진 '엄마'를 보며, 이 정도 고난은 결국에는 헤쳐나가겠구나 하는 믿음이 생기니, 그제서야 웃을 수 있었다. 그렇게 모드가 바뀌고 나니 장강명 작가의 이야기가 거짓이 아니었구나 싶었다. 그리고 이어지는 내용에서 부모로서 아이와 육아에 대해 어떤 자세를 가져야 하는지, 또한 한 가정의 주요 구성원으로서 어떤 자세로 다른 구성원들과 함께 살아야 하는지도 감을 잡을 수 있었다.

이 책은 육아와 독서에 대한 에세이지만, 잘 교육 받은(그래서 일에서도 좋은 성과를 내고, 동시에 우리 사회의 여성 차별적인 모습에도 예민하게 반응하며 맞서온) 한 여성이 엄마가 되어 온갖 혼돈과 모순에 빠져 분노와 열패감에 빠졌다가 이를 극복하고 성숙한 인간으로 거듭나는 이야기 구조를 가지고 있어 한편으로는 재미있는 소설을 읽는 것 같은 기분도 든다. 그래서 중간중간 필요한 대목을 골라 읽기보다는 처음부터 끝까지 순서대로 읽어 보라는 말을 건네고 싶다. 육아에 지친 엄마들에게는 확실한 위로가 될 것이다. 그리고 육아는 '돕는' 것이라고 생각해온 아빠들에게도 분명 새로운 세상이 열릴 것이다.

"쟤 페미 아냐?"

2000년에 대학에서 과/반 학생회장을 했다. 정치적 의식이 높아서는 전혀 아니었고, 그저 학생자치기구인 학생회를 대표하는 누군가가 있어야 하는데 아무도 나서지 않으니 나라도 해야지 하는 단순한 생각이었다. 학생회 활동을 하다 보니 그 기간에 관심 가거나 필요하다고 생각하는 집회가 있으면 과에 알리고 함께 나가기도 했다. 그래도 '운동권'이라는 자각은 없었다. 내가 생각하는 '운동권'은 정치적 각성의 정도도 훨씬 높고 매우 헌신적 사람들을 일컫는 말이었다. 나는 그에 비하면 그저 그들이 외치는 '학우 여러분' 중 1인 정도였다. 그러던 어느 날 후배들과 이야기하던 중에 한 후배가 '운동권' 하면 떠오르는 사람이 나라고 하는 얘기를 듣고 엄청 놀랐다. 그 이유를 물어 보니 "데모 데리고 나가는 선배"라고.

물론 '운동권'으로 분류되는 게 두려워 더 적극적으로 활동하지 못했던 점도 있다. 어쨌든 그 단어가 쓰이는 맥락이 그다지 긍정적이지 않았으니까. 당시 운동권에 대한 이미지 중 하나는 학교 수업을 열심히 듣지 않는다는 것이었는데 운동권 소리 듣지 않으려고 학생회 활동을 하면서도 수업에 열심히 참여하고 학점도 잘 받으려고 노력했다. 또한 운동권은 사고가 경직됐다는 이미지도 있었던 것 같다. 한 후배가 동기들과 이야기하다가 나에 대해 '운동권 치고는 그래도 말이 좀 통하는 것 같다'고 평했다는 얘기를 전해 들었는데 괜히 혼자 뿌듯해했던 기억도 있다. 학생 사회에서 그래도 좀 살아남으려면 '수업 잘 듣는 운동권', '사고가 유연한 운동권', '스타일이 좋은 운동권' 이런 수식이 필요했나 싶다.

『우리는 모두 페미니스트가 되어야 합니다』에서 다음과 같은 표현을 만났다. '남자를 미워하지 않으며 남자가 아니라 자기 자신을 위해 립글로스를 바르고 하이힐을 즐겨 신는 행복한 아프리카 페미니스트.' 물론 그 유쾌한 농담에 잠시 웃음 짓기도 했지만, 이렇게 자신을 소개해야 했다는 이야기에 마냥 웃을 수만은 없었다. 페미니스트라면 남자를 미워하고 화장도 하지 않고 자신을 가꾸는 것을 싫어하고 늘 불행하며 자기 민족적 정체성을 부정하는 것 아니냐는 그 수많은 공격이 이 한 문장에 모두 녹아 있었다. 이는 지금 한국의 페미니스트에게도 그대로 적용되지 않을까?

페미니스트라는 말만 보면 짜증부터 내는 사람들이 부쩍

늘어난 것 같다. 한때 '쟤 운동권 아냐?' 했던 말이 '쟤 페미 아냐?' 하는 말로 대체된 건 아닌가 하는 생각이 들 때도 있을 정도다. 이 책에서 전하는 페미니스트의 정의는 이렇다. '모든 성별이 사회적, 정치적, 경제적으로 평등하다고 믿는 사람.' 저자가 찾아본 사전에서 가져온 풀이다. 이 좋은 말이 왜 이렇게 수난을 당해야 하는지 모르겠다. 스스로 페미니스트라 칭하기에는 너무 부끄러운 게 많아서 나서지 못하지만, 누군가 날 페미니스트라 불러준다면 정말로 기쁘고 자랑스러울 것 같다.

내가 어쩌다 이 책을?

원더박스로 직장을 옮겨 처음으로 마무리를 담당한 책이 존 크라카우어의 『미줄라』다. 2010~2012년 미국 몬태나 주 미줄라시에서 있었던 일련의 성폭행 사건과 그 처리 과정을 다룬 논픽션이다. 책의 이름 '미줄라'는 이야기의 배경이 된 작은 대학 도시의 이름이기도 하다. 이전 담당자가 계약하고 진행한 책이기에 마지막 과정에서 살짝 역할을 하고 판권에 이름을 올렸다.

편집을 하다 보면 자신이 기획하지 않은 원고를 진행하게 되는 경우도 많은데, 기획 의도나 배경을 충분히 이해하지 못해 헤매기도 하지만, 덕분에 평소에 크게 관심을 크게 두지 않았던 분야나 저자에 대한 이해가 늘어나기도 한다. 평소의 나라면 쉽게 계약하지 못했을 『미줄라』라는 책을 통해 성폭행 피해자와 그를 둘러싼 우리 사회의 문제점에 대해 깊게 이해할 수 있어 개인적으로 매우 고마운 일이었다. 한편으로 존 크라카우어라는 작가를 알게 된 것도 무척 반가운 일이었다. 원고를 읽어 가면서 건조하면서도 생생한

묘사와 그로 인한 강력한 흡인력에 매료되었다. 조만간 그의 다른 작품도 읽어봐야겠다고 다짐했다.

나로서는 처음 듣는 이름, 존 크라카우어. 하지만 책 좀 읽는다는 사람들에게는 이미 꽤나 알려진 그였다. 특히 비극적인 에베레스트 등반 경험을 전한『희박한 공기 속으로』는 1998년 퓰리처상 최종 후보에 올라 그를 세계적 논픽션 작가의 반열에 올려놓았다.『미줄라』작업 후 우연히 김영하 작가의 팟캐스트〈김영하의 책 읽는 시간〉에도『희박한 공기 속으로』가 소개된 것을 알고 찾아 들어봤는데 방송까지 듣고 나니 이 책을 읽지 않을 수 없었다.

『희박한 공기 속으로』는 작가가 한 매체의 의뢰로 에베레스트 가이드 등반대를 체험한 이야기(특히 비극적 조난기)이지만, 거기에 머무르지 않고 에베레스트를 오르는 과정이나 이를 둘러싼 사람들(가이드 등반대, 셰르파 등), 그리고 에베레스트 등반의 역사 등 이른바 에베레스트에 대한 지식도 총망라한다. 이는 몬태나대학교에서 벌어진 몇 가지 성폭행 사건에 집중하면서도 성폭행 사건에 대한 대중의 그릇된 인식, 경찰과 검찰 수사와 법정으로 이어지는 과정에서 피해자에게 주어지는 가혹한 환경 등 성폭행 문제에 대한 필수 상식을 종합적으로 전하는『미줄라』와도 통했다.『미줄라』를 통해 성폭행 문제에 대한 교양을 쌓을 수 있었다면, 『희박한 공기 속으로』를 통해 (의도치 않게!) 에베레스트와 산사람들에 대한 교양을 얻을 수 있었다.

책을 읽다가 문득 이런 생각을 했다. 그런데 내가 지금 왜 이 책을 읽고 있지? 에베레스트에 대한 관심도 거의 없던 나다. 재미있을 것 같아서, 읽은 사람들이 좋다니까, 왠지 읽어야만 할 것 같아서! 내 관심사에 따라 어떤 정보를 얻고자 선택했던 것이 아님은 분명하다. 하지만 덕분에 에베레스트와 산사람들에 대한 이해가 좀 더 생겼고, 그렇게 내 세계가 한 뼘 더 커진 것 같다. 그 한 뼘이 더없이 소중하게 느껴진다.

매력적 브랜드를 만드는 일

"좀 더 작은 곳에서, 더욱 마음껏." 한겨레출판에서 원더박스로 옮기면서 정리한 나만의 이직 이유였다. 지인들은 왜 옮기는지 의아해하며 묻다가도 저렇게 이야기하면 대개 응원의 말을 건네줬다. 시간이 좀 더 지나서 만난 분들은 거기에 이런 질문을 덧붙였다. "그래서… 즐거워요?" 아직까지 내 답은 한결같다. "일하는 건 즐거운데, 책이 너무 안 팔려요."

책이 너무 안 팔린다. 내가 내는 책만 그런 건 아닌 것 같아 위안이 되기도 하지만, 이래서야 밥값이나 제대로 할 수 있을까 걱정 또한 앞선다. 게다가 나름 내 마음껏 하고 있는데 결과가 이러니 어디 핑계 댈 곳도 마땅치 않다.

독자가 사라진다고 한다. 하지만 새로운 베스트셀러는 계속해서 나오고 서울국제도서전 등의 행사는 관람객으로 넘쳐나고 소셜미디어에는 책 관련 사진과 글이 꾸준히 올라온다. 책에 대한 기대와 열망이 사그라든 것은 아닌 것 같은데, 시장에서 내가 체감하는 이 싸늘함은 뭘까 하는 게 계속되는 고민이다.

그런 고민 속에서 '팬덤을 형성하는 출판사가 되어야 한다'는 모범 답안까지는 어찌어찌 도달했다. 하지만 어떻게? 그 앞에서 다시 막막해진다. 그러다 '브랜딩'이라는 말을 만났다. 매력적 브랜드를 만드는 일, 출판으로 따지자면 독자들이 스스로 찾는 출판사를 만드는 것. 이미 비즈니스계에서는 대유행이었다.

브랜딩 공부를 좀 해야겠다고 생각하고 있는데 마침 『창업가의 브랜딩』이라는 책을 소개받았다. 대기업의 사례가 아닌 작은 규모의 브랜드를 고민하는 사람에게 실질적 도움이 될 책을 찾고 있었는데 바로 그런 책이었다. 열 가지로 정리한 브랜딩 법칙은 군더더기 없이 딱 내게 필요한 조언이었고, 그와 함께 소개된 열 명의 성공한 스타트업 대표 인터뷰는 생생한 사례로 그 조언에 생명력을 불어넣었다.

유통의 본질로 돌아가는 것을 사업의 핵심으로 삼았다면서 성공 비결로 "덕후들이 하는 사업이라는 걸 고객들이 바로 알아보"았다고 이야기하는 마켓컬리 김슬아 대표, 자신이 프릳츠의 첫 팬일 거라면서 기술자 집단을 표명하는 자신들의 경우 '내부 구성원들의 삶'을 가장 중요하게 생각한다는 프릳츠커피컴퍼니 김병기 대표, 이미 필요 없는데 만들어내는 제품이 너무 많다는 생각을 했다면서 일상에 '꼭' 필요한 생활 잡화를 만든다는 로우로우 이의현 대표의 인터뷰가 특히 기억에 남는다.

'이미 많은 출판사가 있는데 우리는 왜 책을 만드는가?', '원더박스의 책을 읽는다는 건 독자에게 어떤 경험일까?', '나는 진짜 독자인가?', '우리는 어떤 집단인가?', '나는 원더박스의 팬인가?', '원더박스다움이란?' 책의 여백에는 책을 읽으면서 들었던 짧은 생각들이 주로 질문의 형태로 군데군데 적혔다. 곧 이 질문들에 대한 답도 찾을 수 있을 거라 기대한다.

인정할 수밖에 없는 정답

『콘텐츠의 미래』. 이 책이 나오자마자 서점에서 발견하고 '앗, 이거 완전 나를 위한 책이네' 싶어 바로 집어 살펴봤다. 출판이라는 전통적 콘텐츠 비즈니스에 속한 내게 디지털 변혁의 시기에 가져야 할 어떤 비전을 전해줄 것 같았다. 하지만 결국 사지 않고 내려놨다. 첫눈에 들어오는 메시지가 '콘텐츠 함정'에서 벗어나라는 것이었다.(원제 역시『콘텐츠의 덫』이었다.) '콘텐츠 함정'이란 간단하게 말하면 '콘텐츠의 질을 높이면 수익이 늘어날 것이라는 생각'인데, 출판계의 말로 바꾸자면 '좋은 책을 만들면 독자가 찾을 것이란 생각'쯤 되겠다. 사실 편집자가 좋은 책을 '만드는' 것에만 신경 써서는 안 된다는 이야기는 나온 지 한참 되었다. 그럼에도 '좋은 책을 만들면 눈 밝은 독자가 꼭 찾아줄 거야, 너무 이것저것 고민하지 말고 좋은 책 만드는 데 집중하자'고 다독이며 근근이 지내는 터였는데 '중요한 건 그게 아니라니까' 하며 건네는 얘기에 내 돈까지(그것도 28,000원이나!) 보태고 싶지는 않았다.

몇 달 후 한 출판인 모임에서 이 책을 함께 읽고 이야기 나눴다는 소식을 접했다. 이 책을 읽고 뭐라도 해봐야겠다고 다짐하는 모습들을 보고서 '아, 더는 미룰 수 없겠다. 나도 읽어야겠다'며 결국 책을 사고 말았다.

읽기 시작할 때만 해도 '그래, 열심히 이야기해봐라. 내가 넘어가나. 아무리 연결이 중요하다고 해도 연결할 그 무엇을 만들어내지 않는다면 다 쓸모없는 것 아닌가' 하는 삐딱한 마음으로 책장을 넘겼다. 하지만 책 속의 사례를 하나씩 접하면서 삐딱했던 마음은 어디론가 사라지고, 이 책을 한동안 곁에 두고 이 책의 내용을 어떻게 활용할 수 있을지 고민해봐야겠다는 생각만 남았다.

"독자들이 서로 도울 수 있도록 우리가 도울 순 없을까?" 하는 질문을 던진 노르웨이 일간지 『VG』의 사례나 고질적 고정비 문제에 대해 전향적으로 접근해 새로운 기회를 만든 펭귄랜덤하우스의 사례는 당장 고민해볼 만한 거리를 던져주었다.

가장 인상적이었던 건 3부에 등장하는 『이코노미스트』의 사례였다. 탐사 보도를 포기하고, 바이라인을 생략하는 것 등은 일견 매력적인 언론의 대척점에 있는 특징이다. 그런데 이는 『이코노미스트』가 잘할 수 있는 것에 집중하고, 잘

할 수 없는 것은 포기한 결과다. (자신이 그리는) 독자가 원하는 것에 집중한 결과이기도 하다. 그 덕에 이들은 동종업계가 고전을 면치 못하는 상황에서도 성장을 이어갔다.

다양한 사례(경우에 따라서는 정반대 성격인!)를 소개한 후 『이코노미스트』는 『이코노미스트』여서 성공했다는 식의 결론을 보여주는 저자가 괘씸하기도 했지만, 인정할 수밖에 없는 정답이었다. '당신의 고객을 이해하고, 무엇을 독창적으로 전달할 수 있는지 찾아라.'

'나를 꼭 읽어줘요' 외치는 책

내가 편집을 맡았던 우치다 다쓰루의 책『어떤 글이 살아남는가』에는 '책과 눈이 맞는다'는 이야기가 나온다. 기본적으로 '숙명의 책'이 되기 위해서는 '우연히' 만나야 한다면서 그런 경험을 위해서는 종이책이라는 물성과 서점이라는 공간이 필요하다고 이야기하는데 교정지를 보다가 '맞아, 맞아' 혼잣말을 했다. 서점에 가다 보면 어떤 때에는 처음 보지만 '이거 완전 나를 위한 책인데' 싶은 것도 있고, 딱히 당기지는 않는데 계속 눈에 밟히는 책(그래서 결국은 사고야 마는!)도 있고, 그냥 왠지 모르게 나를 잡아당기는 책도 있기 마련이다.

『우리는 독서 모임에서 읽기, 쓰기, 책쓰기를 합니다』는 서점에서 계속 눈에 들어왔지만, 딱히 살 생각까지는 안 드는 책이었다. '자기 계발' 장르로 구분되는 책이 아닐까 하는 생각이 들어서였던 것 같다. 그 장르를 폄하하는 게 아니고, 내가 관심 있는 장르가 아니어서라는 뜻이다. 하지만 책이 계속 머릿속을 맴돌았다. 책 제목도 길어 기억나지 않앞지만, 표지와 전체적 느낌으로, 어떤 이미지로 계속 남아 있었다. 그러다 결국 사서 읽게 되었다. 진행하는 독서 모임의 업그레이드를 위해 공부를 좀 해야겠다는 생각이 들었고, 독서 모임 책을 찾아보는데 딱 이 책이 눈에 걸리는 거다. 아, 운명인가. 그렇게 이 책과의 인연이 시작되었다.

막상 책을 펼쳐드니 저자 역시 처음에 참가하던 독서 모임이 '자기 계발' 장르의 책 위주로 진행되어 자기 취향과 맞지 않아 나왔다는 이야기했다. 직접 책을 읽지 않았다면 계속 오해한 채로 있었겠구나 싶어 살짝 오싹해졌다. 앞서 이야기 『어떤 글이 살아남는가』에서 우치다 다쓰루는 '나를 꼭 읽고 이해해줘요' 하고 외치는 글이 있는데 처음에는 그 내용이 무슨 뜻이지 모르다가도 결국은 그 뜻이 내게 와닿고, 결국은 이해하게 된다고 한다. 이 책도 내게 '나 네가 생각하는 그런 책 아니야, 직접 읽어보라고!' 하고 계속 외쳤던 건 아닐까?

책에 나오는 '읽기 모임에서 읽기보다 중요한 게 참여'라는 이야기나 '책보다 중요한 게 사람'이라는 이야기는 독서 모임을 몇 차례 해본 경험에 비춰 봤을 때 진리에 가까웠다. 독서 모임이 읽기-쓰기-책쓰기라는 3단계로 이어진다는 내용도 단순히 '저자가 되어 보자'는 실용적 팁이 아니었다. 그것은 책을 읽는 시선이 독자에서 나로, 다시 저자로 옮겨가는 단계이고 책을 더 깊게 즐기게 되는 과정이라고 설명하는데 새로운 통찰을 얻는 것 같았다.

7년간 독서 모임을 진행했던 노하우를 편하게 정리한 이 책을 읽으면서 그 7년의 경험을 고스란히 전수받는 느낌이었다. 새삼 '이래서 책을 읽는구나' 다시 느꼈다. 책을 읽는다는 건 먼저 걸어간 자의 경험과 지혜를 얻는 행위라는 점에서 말이다. 이 책과 눈이 맞아 참 다행이다.

함께 읽은 한국현대사

독서 모임에서 『한국현대사 1』을 함께 읽었다. 책을 살펴보면 '한국역사연구회시대사총서 09'라는 설명을 발견할 수 있는데 한국역사연구회에서 2002년부터 준비해 2015년부터 출간한 시대사총서의 아홉 번째 책이다. 고대, 고려, 조선, 근대, 현대 각 2권, 총 10권의 책이 2018년 9월 『한국현대사 1』과 『한국현대사 2』를 끝으로 완간되었다.

지난 모임에서 베트남전쟁 종전 20여 년 후 베트남과 미국 양국의 전쟁 당시 주요 인사가 모여 전쟁을 되돌아본 '하노이 대화'의 내용을 담은 『적과의 대화』를 읽었는데 식민지 시대에서부터 분단과 갈등의 역사 등 여러 측면에서 우리 현대사와 겹쳐 보였다. 그렇게 생긴 궁금증이 우리 현대사, 특히 해방과 분단의 시기에 대한 역사를 함께 찾아보자는 것으로 이어졌다. 마침 앞서 말한 『한국현대사 1』이 해방에서 한국전쟁의 시기를 다루고 있어 주저하지 않고 선택할 수 있었다.

독자들의 첫 반응은 읽기 녹록치 않았다는 것이었다. 아무래도 연구자들이 각자 챕터를 나눠 집필한 책이고, 낯선 고유 명사도 무척 많아 술술 읽기는 힘든 책이었다. 하지만 토론 시간은 어느 때보다 뜨거웠고 '혼자 읽을 때는 힘들었는데 함께 이야기하니 참 좋네요' 하는 반응이 대세였다. 나 역시 혼자였다면 읽다 멈추다를 반복하다 결국 끝까지 못 읽지 않았을까 하는 생각을 했다. 혼자 읽는 책의 맛도 좋지만, 영양분을 골고루 섭취하기 위해서라도 함께 읽는 책의 경험도 꼭 필요한 게 아닌가 싶다.

해방 정국의 역사는 교양 수준에서는 어느 정도 알고 있었다고 생각했는데 이 책을 통해 처음 접한 사실이나 처음 생각하게 된 부분도 많았다. 1953년 한일회담 당시 일본측 수석 구보타 간이치로가 샌프란시스코 평화조약(1951년 9월 8일) 이전에 한국이 독립한 것은 국제법 위반이라고 주장했다는 대목에서는 할 말을 잃었다.

개인적으로 가장 인상적이었던 것은 5.30 총선거 이야기였다. 1950년 5월 30일 제2대 국회의원 선거에서는 총 210석 중 126석을 무소속이 차지한다. 여당이었던 이승만의 국민당은 24석, 제1야당이었던 한민당의 후신 민국당 역시 24석을 얻는 데 그친다. 또한 재선 의원은 31명에 불과하고 179명이 초선이었다. 투표율 역시 86퍼센트에 달했다고 하니 이승만 정권과 제1대 국회에 대한 유권자들의 준엄한 심판이 있었던 거다.

여운형과 김구가 암살되고 남과 북에서 각각 반쪽짜리 정부가 들어서는 등 비극적이고 혼란한 상황이 계속되었지만, 그런 속에서도 투표를 통해 명확히 의사를 표현하고 대안을 모색했던 당시의 민중들이 더욱 대단해 보였다. 해방 후 5년간의 혼란상에 대한 성적표와도 같은 5.30 총선거 결과를 확인하고 나니 6.25의 비극이 전에 없이 더 안타깝고 억울하고 답답했다. 그때 그 전쟁이 아니었으면, 어쩌면 우리에게 충분히 다른 역사가 가능하지 않았을까?

내가 생각만 할 때 누군가는 움직인다

귀하가 찬성하는 것은?
(가) 자본주의 14퍼센트
(나) 사회주의 70퍼센트
(다) 공산주의 7퍼센트
(라) 모름 8퍼센트

1946년 8월 13일 『동아일보』가 발표한 미군정의 여론 조사 내용의 일부다. 대학 신입생 때 해방 정국에서 남한의 민중이 압도적으로 사회주의를 원했다는 이 조사 결과를 접하고 선뜻 믿기지 않았다. 이후 여기저기서 이 내용을 다시 만나며 믿을 수밖에 없었다. 그리고 '지금 기준으로 당시를 상상하는 건 위험한 일이구나, 언젠가 해방 당시의 이야기를 자세히 공부해봐야겠다'라고 생각했다.

한참 지난 2010년 즈음에야 해방부터 전쟁 때까지의 역사를 한번 살펴봐야겠다는 생각이 들었다. 이 주제와 관련된 책부터 찾아봤다. 너무 학술적인 것 말고 대중교양서를 찾앉았는데 딱 내가 원하는 책을 찾기 어려웠다. 다행히도 강준만의『한국 현대사 산책: 1940년대편 1·2』가 있었다. 스토리텔링을 하는 흥미로운 역사서라고는 볼 수 없지만, 성실히 자료를 묶어놓아 궁금한 내용을 두루 살펴볼 수 있었다. 새삼 강준만이라는 저자가 있음에 감사했다. 한편으로는 대중의 눈높이에 맞춰 이 시대를 다룬 책이 이것뿐이어서는 안 되겠다는 생각이 들었다. 이 시기를 다룬 좋은 교양서를 기획해야겠다는 마음이 든 것은 물론이다.

또 몇 년이 지났다. 그런 생각을 했다는 것도 잊힐 때쯤, 내 눈길을 사로잡는 책이 나왔다. 바로『해방 후 3년』이다. 2015년 광복절을 맞아 출간된 이 책을 보고 '아, 맞아! 내가 내고 싶었던 책이 바로 이런 건데!'라고 생각했다. 책을 다 읽고 나서는 '이제 이 기획은 접어도 되겠다' 싶었다. 책은 1945년 8월 15일 광복부터 1948년 8월 15일 대한민국 정부 수립까지 다룬다. 흥미로운 건 당시 중요 인물이던 민족 지도자 7명을 주인공 삼아 한 명 한 명의 이야기를 들려준다는 것이다. 여운형, 박헌영, 송진우, 김일성, 이승만, 김구, 김규식. 이것은 책에서 소개하는 순서인데, 해방 후 국내에서 활동을 개시한 순서에 따른 것이다. 7개 타임라인을 하나씩 따라가다 보면 어느새 해방 후 3년의 시공간이 입체적으로 다가온다. 해방 후 3년이라 하면 이승만, 김일성에 김구 정도만 떠올리고 거기에 여운형이나 박헌영은 그저 아련하게 덧붙여봤는데 이 책 덕에 훨씬 객관적이고 구체적으로 당시 지형을 그릴 수 있었다.

최근에는 『26일 동안의 광복』이라는 책까지 나왔다. 1945년 8월 15일부터 9월 9일까지의 사건들을 집중적으로 다루는 다큐멘터리 느낌의 책이다. 더 입체적이고 밀도 있게 해방 후 공간을 펼쳐보였다. 내가 이만하면 됐다고 생각할 때 누군가는 한 발 더 나아가 새로운 길을 만들고 있었구나 하는 생각에 잠잠했던 열등감이 스멀스멀 다시 올라온다.

편집자가 되는 법

"보도 자료를 대신 써 주는 서비스가 있다면 좋겠어."

동료들에게 종종 하는 이야기다. 신간의 최종 데이터에 OK 사인을 내고 나면(혹은 인쇄 감리를 다녀오면) 조금 홀가분해지는가 싶다가 이내 가슴이 답답해지는데 바로 '보도 자료'라는 큰 산이 기다리고 있어서다.

다 끝났다고 생각하는 그 순간 찾아와서 그럴 거라고, 쓰인 글을 다듬는 건 능해도 백지에다 뭔가를 써 내려가는 건 버거운 게 편집자 아니냐며 웃으며 넘기고는 했는데 어느 순간 그렇게 웃어넘길 일이 아니구나 하는 생각에 정신이 번쩍 들었다.

그 순간은 『편집자 되는 법』이라는 책을 읽다가 찾아왔다. "편집의 시작 단계에 구성된 편집자의 '확신'은 보도 자료를 쓸 때까지 작업에 일관성을 유지하도록 해줍니다."

'그래, 내 머리에 책의 내용과 의미가 확실히 자리 잡고 있었다면 그걸 다시 정리하기만 하면 되는 거잖아!' 하는 생각은 '아, 내가 책을 이리도 불명료한 생각으로 마감했단 말인가' 하는 자괴감으로 이어졌다. 그간의 경험을 비춰 보면 정신없이 마감이란 걸 하고 나서 보도 자료 쓸 때가 되어서 이런저런 고민을 하며 생각을 정리할 때가 적지 않았다. 어떨 때는 그때 가서 더 나은 제목이 떠오르거나 책의 약점이 눈에 들어오기도 했다. 보도 자료 쓰기가 원래 어려운 게 아니고, 단단한 기획 아래 편집을 진행하지 않아서 어려운 것이었다니!

그 문단의 조금 앞쪽에는 이런 내용이 있다. "출판 편집 공정의 책임자라면 일에 목표와 방향이 있어야 합니다. … 편집 공정을 진행하는 동안 자주 어려움에 봉착한다면 자신이 편집 기획 단계에서 명확히 하지 않은 것이 있었는지 확인해볼 필요가 있습니다."

본문 레이아웃을 정할 때, 일러스트나 표지 디자인을 발주하고 시안을 확정할 때, 제목을 정할 때, 표지 문안을 정리할 때 등 그동안 진행한 책에서 어려움에 봉착했던 무수한 순간들이 떠올랐다. 어쩌면 그때 나를 힘들게 한 건 저자의 고집도, 디자이너의 역량도, 상사의 변덕도, 시장의 침체도 아닐지 모르겠구나. 얼굴이 화끈거렸다.

저자는 머리말에서 "이 글을 초년의 편집자들께" 드린다면서 "편집자로 10년, 20년 일한 사람이라면 누구나 할 법한 이야기"라고 밝혔다. 하지만 어느덧 편집자 15년 차인 내 경우, 이 책의 메인 타깃임을 부정할 수 없다. 책은 일관적으로 '보조 편집자'와 '책임 편집자'라는 틀로 편집자의 일을 설명하는데 '책임 편집자'라는 이름을 달고 '보조 편집자'처럼 일해 온 자신을 돌아보는 시간이었다. 책임 편집자가 되는 법. 책의 제목 앞에 몰래 '책임' 두 글자를 덧붙이고는 다음 문장에 힘줘 밑줄을 긋는다. "여러분 자신이 시스템입니다. 필수적 시스템. 여러분은 다른 사람들을 일하게 하는 사람입니다. 여러분은 판을 까는 사람입니다."

단 한 명의 독자를 향해

2018년 10월이었던가. 한 달에 페르난두 페소아의 책이 세 권이나 출간된 적이 있었다. 민음사 세계시인선 리뉴얼판으로 『시는 내가 홀로 있는 방식』과 『초콜릿 이상의 형이상학은 없어』가, 문학과지성사에서 대산세계문학총서로 『내가 얼마나 많은 영혼을 가졌는지』가 나왔다. 옮긴이는 세 권 모두 김한민. 그는 그해 6월 출간된 『페소아』를 쓰기도 했으니 한 해에만 그의 손을 거쳐 페소아를 소개하는 책이 네 권이나 세상에 나왔다.

페소아를 공부하기 위해 포르투갈로 떠나기 전까지 그는 독특한 위치를 가진 글과 그림 작가, 문화 계간지 『1/n』 편집장, 문화 공간 '숨도' 기획자 등 다방면으로 활약하는 크리에이터였다. 『한겨레』 토요판에 「감수성 전쟁」이라는 코너를 연재하며 우리 사회의 갑갑한 문화 감수성에 맞서 고군분투하기도 했다. 포르투갈에서 돌아온 지금은 페소아에 대한 소개뿐 아니라 해양환경단체 시셰퍼드 활동이나 동물축제 반대축제 기획에도 힘을 쏟고 있다. 120여 개의 다른 인물이 되어 작품 활동을 한 페소아를 하나의 이름으로 수많은 활동을 하는 김한민이 소개한다는 것 역시 흥미롭다.

내가 처음 접한 작가 김한민의 작품은 『혜성을 닮은 방』(전 3권)이다. 당시 몇 년차 되지 않은 열정적인 주니어 편집자였던 나는, 책 중 한 부분이 유독 마음에 걸렸다. 제1권 117쪽에 나오는 '미지의 한 사람을 향한 책 쓰기'에 대한 부분이었는데 우주선이 이륙하고 나면 이륙을 위해 사용된 로켓들이 떨어져 나가 바다에 버려지는 것에 빗대 '우주선 이론'이라는 이름도 붙어 있었다. '손익 분기점이 2000부는 될 텐데, 한 사람을 향한 책 쓰기라니 얼마나 한가한 소린가' 하며 혀끝을 찼던 것도 같고, '결국 편집자는 바다에 떨어지는 로켓인 건가' 하고 섭섭해했던 것도 같다.

하지만 그 구절은 그저 흘러 지나가지 않고 뇌리에 박혀 때때로 불쑥 튀어나왔다. 그러다 『책섬』을 통해 그의 생각에 한발 더 다가갈 수 있었다. 마지막 책을 지을 때가 되어서야 문득 자신에게도 독자가 필요함을 깨닫고 독자를 찾아나서는 저자의 이야기이자 책 병에 걸린 어느 아이의 이야기이기도 한 이 책은, 내가 책과 멀어지고 싶을 때 집어 들게 되는 묘한 책이다. 이야기를 따라가며 책은 결국 누구의 것인가를 되묻다 보면 한편으로는 어깨가 가벼워지고 또 한편으로는 심호흡을 하며 심기일전하게 된다.

『비수기의 전문가들』역시 편집자인 나를 더 분발하게 만드는 책이다. "출판계가 어렵다"는 말을 입에 달고 지내면서 "이 책은 팔릴 것 같다, 안 팔릴 것 같다" 팔짱 끼고 견적만 내고 있는 내게 이 책 마지막에 있는 '친애하는 편집자님께'라는 메일 내용은 죽비 소리와 같다. 10년 전의 내가 혀끝을 찼을, 변하지 않은 그의 말에 이제는 고개를 끄덕인다. "그 어떤 책도, 최소한 한 명의 '공감자'를 만나기 전에는 책이 아닙니다."

하루키 재발견

'무라카미 하루키' 하면 내게는 '베스트셀러 작가'라는 인상뿐이었다. 대학 시절 『상실의 시대』를 재미있게 읽었으나 딱 거기까지였다. 작가의 팬이 되거나 다른 작품을 찾아 읽어 보는 데까지는 이르지 못했다. 직장 생활을 시작한 후에는 베스트셀러 작가에 대한 '괜한 반발심' 때문에 오히려 더 멀어진 것 같다. 이런 이야기를 듣고 동료가 권해준 『바람의 노래를 들어라』를 읽어 보기도 했지만, '흠, 재밌군' 이상으로 나아가지는 못했다. 그 후 어떤 모임에서 『상실의 시대』(그때는 이미 '노르웨이의 숲'으로 통용되었지만!)를 한 차례 더 읽었다. 많은 부분 공감도 가고 이번 역시 재미있게 읽긴 했지만, 여전히 '도대체 왜 사람들이 그에게 열광하는 걸까?' 하는 질문에 답을 구하지는 못했다.

『양을 쫓는 모험』을 읽게 된 것은 순전히 우치다 다쓰루의 『어떤 글이 살아남는가』 때문이었다. 고베여학원대학 퇴임 전 한 학기 동안 펼쳐진 '창조적 글쓰기' 강의를 묶은 이 책에는 하루키가 중요한 비중으로 소개된다. 『양을 쫓는 모험』이 하루키가 '세계 문학'의 작가로 발돋움한 작품이라는 대목을 읽으면서 '어쨌든 이 책까지는 읽어 봐야겠다' 싶었다. 상·하로 나뉜 『양을 쫓는 모험』의 상권 중반까지만 해도 예전에 읽었던 두 권의 책과 비슷한 느낌이었다. '재미있기는 한데, 왜들 그렇게 열광하는 걸까?' 하는 그 느낌. 하지만 그 이후 내가 알던 것 이상의 하루키를 만나게 되었고 하권에 가서는 '아…' 하면서 페이지를 넘기는 나를 만나고 말았다. 책을 덮으면서는 '그렇다면 『1Q84』도?' 하는 마음과 '그래도 우선 『바람의 노래를 들어라』를 다시 읽고 『1973년의 핀볼』부터 읽어야 하지 않을까?' 하는 마음, 더 나아가서 '하루키의 전작을 다 읽어야 하나' 하는 마음까지 들었다.

우선은 나를 하루키 월드로 초대한 우치다 선생님(!)의 『하루키 씨를 조심하세요』를 집어들었다. 이 책은 팬의 입장에서 편애하는 마음으로 써내려가 우치다의 무라카미 하루키론이라고 할 수 있다. 마침 문학론에 대한 많은 부분이 『어떤 글이 살아남는가』와 겹치기도 했고, 하루키 작품 중에서는 『양을 쫓는 모험』을 다루는 비중이 높았기 때문에 하루키 작품을 많이 접하지 않은 상태에서도 흥미롭게 읽을 수 있었다. 특히나 우치다 특유의 인류학적 통찰을 만날 때마다 '정작 조심해야 할 것은 하루키 씨가 아니라 다쓰루 씨 아닐까' 하는 생각을 피할 수 없었다. 그는 "아버지가 없는 세계에, 지도도 없고, 가이드라인도 없고, 혁명 강령이나 '정치적으로 올바른 행동 방식' 매뉴얼도 없는 상태에 내던져졌음에도 우리는 '무언가 좋은 일'을 실현할 수 있을까?" 하는 것이 하루키 문학 저변에 흐르는 '물음'이라고 밝혔다. 이는 어쩌면 지금 내게 또 우리에게 더욱 간절한 물음인지도 모르겠다.

소설의 존재 이유

책을 많이 읽지도 못하지만, 읽는 책도 다양하지 못한 편이다. 주로 인문, 사회로 분류되는 책에 관심이 많았고, 시와 소설 같은 문학 분야에는 손이 잘 가지 않았다. 막상 추천받아 문학 책을 읽고 있다가도 이걸 왜 읽어야 하나 하는 생각이 들 때가 많았다. 핵심 내용이 무엇인지, 그래서 하고 싶은 말이 무엇인지 생각하며 책을 읽게 되는데 딱히 요약이 되는 것도 아니고 주제가 명확히 잡히는 것도 아닌 경우가 많았다. 결국 재미있더라, 재미없더라 정도의 느낌만 남았다.

그러다가 무라카미 하루키의 『직업으로서의 소설가』한 대목을 읽으면서 그동안 내가 왜 그랬는지 어렴풋하게나마 깨닫게 되었다. 하루키는 소설을 쓴다(혹은 스토리를 풀어간다)는 것은 상당히 저속의 기어로 이뤄지는 작업이며, 상당히 에둘러 가는, 손이 많이 가는 작업이라고 이야기한다. 머릿속에 선명한 메시지를 갖고 있는 사람이라면 그것을 스토리로 치환하지 않고 곧장 언어화하는 것이 훨씬 더 빠르고 일반인이 받아들이기도 쉬울 거라고, 소설의 형태로 치환하자면 반 년씩 걸리는 메시지나 개념도 직접 표현한다면 사흘 만에, 경우에 따라 10분 만에 전달할 수 있을지도 모른다고. 또 지식이 풍부한 사람이라면 일부러 제로에서부터 스토리를 만들어낼 필요 없이, 자신이 가진 지식을 논리적으로 조합해 언어화하면 된다고 말이다. 느리고 중층적이고 복합적으로 태어나는 텍스트. 효율성은 애초에 염두에 두지 않는 텍스트. 그는 극단적으로 '소설가란 불필요한 것을 일부러 필요로 하는 인종'이라고까지 이야기한다. 그러면서 '이 세상에는 소설 따위는 없어도 상관없다'라는 의견이 있는 것도 당연하고 그와 동시에 '이 세상에는 반드시 소설이 필요하다'라는 의견도 당연하다고 말한다. 그건 각자 염두에 둔 시간의 폭을, 또 세상을 보는 시야의 틀을 어떻게 잡느냐에 따라서 다를 뿐이라고. 효율성 떨어지는 우회하기와 효율성 뛰어난 기민함이 앞면과 뒷면이 되어서 우리가 사는 이 세계가 성립하는 것이라고.

깨닫지 못했지만, 그동안 나는 '이 세상에는 소설 따위 없어도 상관없다'는 쪽의 사람이었던 것이다. 10분 만에 설명할 수 있는 것을 왜 그 긴 이야기로 풀어내야 하냐며 다그치는 사람이었던 셈이다. 『직업으로서의 소설가』를 읽고 난 후 그런 나도 조금은 바뀐 것 같다. 이후 예니 에르펜베크의 장편소설 『모든 저녁이 저물 때』를 읽었는데 예전 같았으면 엄청나게 답답해하며 읽다가 이내 뒤로 물렸을지도 모를 책이었다. 굳이 요약하자면 옮긴이의 말에 언급된 '모든 길은 무덤으로 통한다'는 한 문장으로 충분할지도 모르겠다. 하지만 최대한 느리게, 책 속에서 펼쳐지는 중층적이고 복합적인 이야기를 굳이 압축하려 들지 않고 되도록 그대로 두면서 읽어나가려고 해봤다. 그래서일까? 책을 읽는 순간순간 전에는 느끼지 못했던 어떤 충만함이 찾아들었다. 이제야 소설 읽는 법을 조금이나마 알게 된 것일까?

그곳에 계속 있어주길

혜화동 사거리에 있는 동양서림에 우연히 들렀다. 대학로에 있는 내 단골 책방인 책방이음의 조진석 대표와 식사하고 나오던 길이었다. "앗, 여기에 서점이 있었나요?", "그럼요. 오래된 서점인데, 이번에 리모델링해서 화사해졌지요." 그제서야 생각이 났다. 잡지와 참고서를 주로 파는 것 같아 딱히 들어갈 마음이 생기지 않았던 서점.

순간 '잡지와 참고서를 주로 파는 것 같아' 들어갈 마음이 생기지 않았다니, 이게 말이 되나 싶었다. 지금은 '동네책방'이라고 하면 뭔가 고상하고 힙한 문화 공간이라는 느낌이 들기도 한다. 하지만 잠시 생각해보면 내 인생의 첫 동네책방은 '잡지와 참고서를 주로 파는' 상가 모퉁이 작은 서점이었다. 한 달에 한번 책방에 들러 『KBS 가정중학』과 『월간 굿모닝 팝스』를 사는 것은 중학생 시절 내 중요한 월례 행사였다. 물론 책방에 잡지와 참고서만 있는 것은 아니었다. 당시에 유행한 소설과 에세이가 늘 잘 보이는 곳에 있었고, 낮은 서가에는 아동용 그림책도 있었다. 한번은 갑

자기 바둑에 관심이 생겨 주인 아저씨에게 중학생 초보자가 볼 수 있는 바둑책을 추천해달라고 해서 사온 책도 있다.(『정석의 기초』라는 그 책은 여전히 내가 이해하지 못하는 책이지만⋯)

동양서림 역시 그와 비슷한 동네책방 본연의 모습으로 자리를 지켰을 뿐인데, 대학로를 처음 접한 후 20여 년이 다 되도록 한 번도 들어가볼 생각을 안 했던 나. 리모델링을 계기로 뒤늦게 동양서림을 알게 되었다. 1953년부터 그 자리에 있었던 것도, 서울미래유산으로 선정된 것도 그제야 알게 되었다.

새로운 동양서림을 구경하다가 작은 철제 계단을 하나 발견하고 올라가봤다. 앗, 유희경 시인이다! 신촌에 있던 시집서점 위트앤시니컬이 장소를 옮겨 새롭게 시작한다는 소식은 접한 바 있지만, 그게 여기일 거라곤, 그리고 이렇게 우연히 와보게 될 거라곤 상상하지 못했다. 서점이라기보다도 시인의 다락방 같은 아늑함이 참 좋았다. 이런 곳을 그냥 지나칠 순 없는 법. 기념품으로 무엇이 좋을까⋯. 가장 잘 보이는 곳에 있던 시집을 집어 눈앞의 저자에게 내밀며 계산과 사인을 부탁했다. 사인 앞에는 이런 글이 함께했다. '나무가나무로자라는계절 정회엽님 근처에.' 최고의 기념품이었다.

우연히 벌어진 동네책방 여행은 더더욱 우연한 계기로 내게 『당신의 자리-나무로 자라는 방법』이라는 시집 한 권을 남겼다. 아직은 낯선 '시집이라는 것'을 펼쳐 든다. 무심코 읽어 가다 어떤 구절에 눈길이 멈추면 읽고 또 읽는다. 그렇게 책의 끝부분에 달해 다음 문장을 만났을 때, 과연 이게 우연이기만 한 걸까 하는 생각이 들었다. "당신이 나를 알아볼 때까지, 나는 이곳에 있어야겠다고 생각한다."

그렇게 계속 그곳에 있어주길. 시도, 책도, 책방도.

절판

『(우리가 몰랐던 또 하나의 유럽) 스칸디나비아』. 독서 모임에서 핀란드 출신 여기자가 미국에 살면서 쓴 북유럽 이야기 『우리는 미래에 조금 먼저 도착했습니다』를 읽고 나서 다음으로 읽을 영국 출신 남작가가 덴마크에 살면서 쓴 북유럽 이야기 『거의 완벽에 가까운 사람들』을 펼치기 전에 북유럽 나라들의 역사를 살펴보고 싶어서 집어든 책이었다.

『스칸디나비아』는 240쪽 분량에 19세기와 20세기의 스칸디나비아 4국(덴마크, 스웨덴, 노르웨이, 핀란드)의 역사를 개괄했다. 문장이 화려하지도 구성이 탁월하지도 않지만, 오늘날의 북유럽이 어떤 흐름 속에서 만들어졌는지를 간략히 살펴보기에는 충분하다. 한 권 사서 옆에 두고 북유럽에 관한 다른 책을 볼 때 틈틈이 찾아보고 싶다는 생각이 들었지만, 그럴 수가 없었다. 2006년에 출간되었다가 절판된 이 책은 이제는 중고책 재고 도서를 찾아보는 것도 만만치 않다. 나 역시 이 책을 미리 알고 구해 본 것은 아니다. 도서관에 가서 '북유럽 역사책 어디 없나?' 하고 찾아보다가 우연히 '득템'한 것이다.

'이왕 이렇게 된 것, 이 책을 다시 내볼까?' 하는 생각이 들었다. 하지만 그 생각은 오래가지 않았다. 본국에서는 2004년에 출간된 책이라 일단 최근 15년 여의 이야기를 담고 있지 못한 단점이 마음에 걸렸다. 게다가 앞서 '스칸디나비아 4국'이라는 말에 갸우뚱했던 분들은 짐작했겠듯이 요즘 부쩍 관심이 커진 아이슬란드는 다루지 않고 있다. 그럼에도 그런 단점을 상쇄할 정도로 탄탄한 정보를 다루거나 탁월한 시각을 갖고 있다면 또 모르겠는데 그렇지는 않은 것 같았다. 나처럼 이 책을 필요로 하는 사람이 없진 않겠지만, 그 수를 예상해보면 내가 가진 자원을 이 책을 다시 펴내기 위해 쓸 만큼의 마음까지는 생기지 않았다.

내가 원더박스에 펴낸 책 중에 『적과의 대화』라는 책이 있다. 2004년 역사넷에서 펴냈다가 절판된 『우리는 왜 전쟁을 했을까』를 재출간한 것이다. 베트남전쟁 당시 미국과 베트남 양측의 고위 관료들이 1997년 6월 한자리에 모여 전쟁을 피할 길은 없었는지를 두고 격론을 벌인 이른바 '하노이 대화'를 소개하는 책이다. 단순히 베트남전쟁에 대한 이해뿐 아니라 오늘날의 남북 관계나 북미 관계를 이해하는 데에도 많은 영감을 주는 책이어서 이 책을 절판 상태로

두어선 안 되겠다고 생각하고 재출간을 추진했다. 언론에
도 많이 회자되어 뿌듯하긴 했지만, 손익 분기점은 아직 넘
기지 못했다.

절판된 책에 마음이 많이 간다. 아직 읽힐 미덕이 남아 있
음에도 이런저런 이유로(사실은 수익성 때문에!) 절판되어
구하기 힘든 책을 만나면 괜히 미안한 마음이 앞선다. 새책
을 계속 시장에 내놓아야만 하는 직업을 가진 이라서 더 그
런지도 모르겠다.

무대에 오를 날이 올까?

『스탠드업 나우 뉴욕』이라는 책을 읽었다. 우연히 스탠드업 코미디언 최정윤을 알게 되었고, 그가 책까지 썼다고 해서 사서 읽어 봤다. 스탠드업 코미디에 대한 막연한 동경을 가졌는데 소중한 정보를 전해주는 책이어서 무척 반갑고 고마웠다. 직업 때문인지 내게 반갑고 고마운 책을 만나면 (내게 반갑고 고마운 책은 왠지 잘 안 팔릴 것만 같은 느낌이 먼저 든다) '얼마나 팔렸을까', '내게 이 원고가 들어왔다면 출간을 결정할 수 있었을까' 하는 생각을 하는데 생각을 길게 할 새도 없이 이내 공들여 원고를 써준 저자와 이 책을 출간하기로 결정하고 자원을 아끼지 않은 출판사에 감사하는 마음이 생겼다.

짧은 분량이지만, 책에는 스탠드업 코미디의 정의와 역사 등 기본적 교양에서부터 저자가 실제로 뉴욕에 가서 스탠드업 코미디를 배우고 또 유명 스탠드업 코미디언을 만나 인터뷰를 진행한 이야기까지 풍부한 내용이 담겼다. 누구에게나 권하기는 좀 주저하게 되지만, 스탠드업 코미디에 관심이 있다면(특히 이제 막 관심이 생겼거나 그저 막연히 관심만 갖고 있다면!) 꼭 읽어보길 바란다.

고백하자면 몇 년 전 직접 스탠드업 코미디 무대에 오를 뻔도 했다. 트위터에서 누군가 작은 공연장을 빌리고 오디션 없이 무대에 설 사람을 모은다고 해서 멘션을 보낸 적이 있다. 일정이 안 맞아 결국 무대에 서지는 못했는데 몇 개의 짝사랑 실패담을 엮어 준비한 이야기를 연습할 때마다 주어진 5분을 다 채우지 못해 계속 걱정했던 기억이 난다.

사실 이 모든 것의 시작은 호어스트 에버스의 『세상은 언제나 금요일은 아니지』였다. 일상에서 겪는 사소한 해프닝에 대한 이야기 모음집이라 할 수 있는데 엉뚱하고 곤란한 상황과 그 상황에 대처하는 저자의 더 엉뚱한 대응이 연신 웃음을 유발했던 것 같다. 이제는 읽은 지 오래돼 구체적 에피소드는 잘 기억나지 않지만, 일주일에 한번씩 지인들과 소극장에 모여 서로 쓴 글을 발표한다는 이야기만은 잊히지 않는다. 책은 그렇게 발표한 원고 중에서 골라 만들었다고 한다.

『세상은 언제나 금요일은 아니지』를 읽고 나서 사람들이 매주 회관에 모여 일주일간 자기에게 벌어진 일 중에서 함께 나누고픈 걸 써와서 읽는 그런 마을이 있다면 어떨까 하는 생각을 했다. 소박한 이야기를 웃음과 함께 나누고, 때로는 슬프거나 화난 이야기도 함께 나눌 수 있는 그런 공동체. 그런 공동체의 일원이 되고 싶다는 생각을 했다. 소소한 실수담을 극화해서 사람들에게 읽어주는 것 정도는 나도 즐겁게 할 수 있겠다 하면서 말이다.

'까짓것, 거기까지 할 수 있다면 그걸 외워서 못할 것도 없잖아' 하는 내 마음속 악마(?)의 속삭임에 큰 실수를 할 뻔하긴 했지만, 여전히 꿈꾼다. 소소한 이야기를 여유롭게 나눌 수 있는 세상을.

책으로 불교를 배웠습니다

내가 일하는 원더박스는 불교 콘텐츠 기업인 불광미디어의 한 사업 단위다. 하지만 기획과 편집 영역이 독립되었기 때문에 실제 일에 있어 불교의 영향은 거의 받지 않는다. 그렇다고 해도 한 사무실 안에서 어깨너머로 이런저런 일들을 접하다 보면 불교에 대한 관심이 생기지 않을 수 없다. 특히나 불교 콘텐츠의 매력이랄 것들이 계속 눈에 띄기 마련이다. 출판 시장에서 법륜스님 같은 저자의 활약이 지속되는 것도 그렇고, 명상이나 마음 수행 관련해서도 주변의 관심이 부쩍 늘어난 것을 느낀다. 입사하고 얼마 지나지 않아 불광출판사에서 펴낸 『전현수 박사의 불교정신치료 강의』라는 책도 내게는 참 낯설었지만, 출간 이후 독자들의 꾸준한 사랑을 받은 걸 보며 그 열기를 다시 한번 확인할 수 있었다.

나란 사람, 이런 환경에 놓이면 당연하게도 책부터 찾게 된다. 특히 그저 막연하게 불교를 인식하고 있는 나 같은 사람에게 불교의 핵심을 쉽고도 체계적으로 전해줄 수 있는 책, 일종의 입문자용 가이드북을 찾아 헤맸다. 그런 목적으로 집필되었을 법한 책들을 여러 권 살펴보기는 했지만, 다들 내게 딱 맞지는 않았다. 불교 경전도 워낙 방대하고, 낯선 용어도 많아 쉽게 썼다고 해도 내게는 크게 와닿지 않았다. 그러다가 만난 책이 『고익진 교수님이 들려주는 불교 이야기』다. 앞서 이야기한 전현수 박사의 어느 신문 인터뷰 기사에서 그가 늘 곁에 두고 읽는 책이라고 하기에 구해 읽어 봤다. 책이라기보다는 자료집 같은 느낌이어서 반신반의하는 마음으로 읽어나 보자 하고 집어들었는데 고익진이라는 학자와 그가 들려주는 불교 이야기에 그만 푹 빠져버렸다.

이 책은 저자가 1986년 서울 불광사에서 대중설법한 내용을 녹취, 정리한 것이다. 입말을 옮긴 것이라 일단 이야기를 듣듯 술술 읽힌다. 의예과를 다니던 스물한 살 청년 고익진은 병을 얻어 10년간 투병 생활을 한다. 5년간 꼬박 병원의 병실에 갇혔고, 그후에는 조그마한 암자에서 요양 생활을 한다. 그때 만난 『반야심경』이 계기가 되어 서른한 살에 다시 불교학과에 입학하고 이후 불교 공부에 정진했다. 이십 대를 통째로 병과 함께 지내면서 겪었을 고통과 거기서 오는 무상함을 바탕으로 이해한 불교여서 그런지 그의 한마디 한마디가 그저 가볍게 들리지 않았다. 초기 불교 경전인 『아함경』의 핵심 내용을 바탕으로 불교의 핵심 교리를 설명하는 데에서는 머리가 맑아지는 느낌이 이런 건가 하는 경험을 하기도 했다. 놀라운 저자와 책을 만나고 이내 불교 서적 편집부 동료에게 물었더니 오늘날 한국 불교에 있어 가장 안타까운 일 중에 하나가 고익진 교수가 너무 일찍 돌아가신 것이라는 이야기까지 들었다.

책의 꼴만 보고 그 아마추어 같은 느낌에 반신반의했는데 그 어떤 주류 출판물보다 소중한 책이었다. 불교에 대한 이해와 더불어 책이란 무엇인가 하는 화두까지 선사한 나만의 '올해의 책'이 되었다.

문학과 철학의 경계에서

두 달. 딱 두 달 걸렸다. 내 머릿속에만 존재하던 책이 세상에 나오는 데. 누구는 1~2주 만에도 만든다지만, 원고는커녕 필자도 정해지지 않은 상황에서, 또 어떤 야근이나 초과노동도 없이 두 달 만에 책을 낸 건 나름 자랑할 만한 일이라고 생각한다.

때는 2008년 초, 이명박 정부가 출범하던 즈음이다. '실용주의'를 표방하고 나선 새 정부에 뭔가 어깃장을 놓고 싶었다. 그래서 "원래 실용주의는 그런 거 아니거든?"이란 말을 해줄 사람을 찾았고(김영사의 지식인마을시리즈 중『듀이&로티: 미국의 철학적 유산 프래그머티즘』의 도움이 결정적이었다) 그분께 빨리 이런 책을 써달라고 이메일을 보냈다. 한 달 만에 정확히 내가 받고 싶은 글을 받았고, 살림지식총서『실용주의』는 그렇게 세상에 나왔다. 아주 가끔씩 합이 탁탁 맞아 무리하지 않고 가볍게 즐기며 일하는데도 좋은 결과가 나올 때가 있는데 바로 그 경우였다. 물론이는 간략한 원고 청탁 메일만 보고도 완벽한 원고를 약속

한 시간에 정확히 건네주신 저자가 계셨기에 가능했다. 그분의 이름은 이유선. 그리고 그분하면 나는 이 책이 가장 먼저 떠오른다.『아이러니스트의 사적인 진리』.

미국 대표 철학자 리처드 로티에게 직접 지도를 받고 돌아온 우리나라의 대표 로티 전공자. 로티의 저작과 또 다른 미국의 대표 철학자 존 듀이의 주요 저작 번역. 관련자들 사이에서는 명성이 자자하겠지만, "로티? 그게 뭐야?" 물을 수밖에 없는 보통의 우리에게는 무슨 소용이 있겠는가. 다행히 로티를 아예 모르는 사람도 흥미롭게 읽을 만한 책이 있으니 바로『아이러니스트의 사적인 진리』다. 부제는 「우연적 삶에 관한 문학과 철학의 대화」. 일상에서 철학적 개념을 찾아내고 이것이 잘 드러난 문학 작품을 통해 설명하는 방식으로 한 꼭지 한 꼭지 꾸려 나가는 책이다. 예를 들어 박민규의『삼미 슈퍼스타즈의 마지막 팬클럽』과 존 롤스의『정치적 자유주의』를 엮어 '진짜 인생'을 추구하는 데 필요한 것을 짚어 보는 식이다.

저자는『죄와 벌』같은 문학 작품을 탐독하다 철학을 공부해야겠다고 결심하는 사람이 적지 않은데, 막상 이들이 철학에 입문해서는 무척 실망하는 경우가 많다며 이는 보편적이고 영원불변한 진리를 추구한 플라톤 이래 철학자들 탓이 크다고 한다. 그 세계에서는 라스콜리니코프가 겪는 인생의 고민, 창녀 소냐가 짊어진 삶의 무게와 고통 등은 사라지고 '도덕적으로 선한 행위란 무엇인가' 하는 차가운 정의만 남기 때문이다. 저자는 "철학은 삶의 구체적 문제에서 발생하는 궁극적 물음에 답해야 한다"며 "문학은 그런 일들을 잘해 온 것으로 보인다"고 지적한다. 철학과 문학의 경계에 서서 이런 책을 쓴 것도 그 때문일 것이다.

추상적이고 차가운 철학에 실망했다면 이 책을 통해 '삶의 우연성, 구체성, 유한성'을 끌어안은 살아 있는 철학을 만나보시길!

아마추어 철학자

"철학과는 사라져야 해." 대학에서 철학을 전공할 때부터 종종 하던 말이다. 물론 철학과는 사라지되 철학 수업은 훨씬 더 많아져야 한다고 말을 이었다. 철학에서 중요한 건 세상을 이해해 보려는 마음가짐이지 학문적 지식이 아니라고 생각했기 때문이다. 딴에는 대단한 문제 의식이라 여겼지만, 이내 '철학'보다 '철학함'이 중요하다는 문제 의식이 이미 철학계에서 중요하게 다뤄지고 있음을 알았다. 그럼 그렇지. 어쩌면 철학이라는 학문은 내가 하는 고민을 먼저 한 사람들의 이야기일지도 모르겠다.

2010년에 진행했던 『철학광장』역시 '철학함의 즐거움'을 십분 맛볼 수 있는 책이었다. 공연, 방송, 광고, 만화, 영화 등 대중 문화의 작품 속에서 철학적 사유의 단초를 찾아내 소개하는 책이었는데 원고를 보면서 '아, 이렇게 생각할 수가 있구나!' 하며 무릎을 친 게 몇 번인지 모른다. 책 속에는 유명한 철학자의 이론 같은 건 거의 나오지 않지만, 그어떤 책보다도 철학적이라고 느꼈다.

어쩌면 철학이란 다르게 생각해 보는 훈련, 왜 그럴까 따져 보는 훈련일 뿐인데, 왜 우리는 늘 낯선 이름과 어려운 이론에 둘러싸여 두려움만 쌓아가고 있었는지. 하지만 그런 두려움 속에서도 사람들은 철학을 공부하고 싶어 했다. 대학 때 철학을 전공했다고 하면 늘 돌아오는 말이 "나도 철학에 관심 많은데… 너무 어려워서… 무슨 책부터 보면 좋을까?"였다. 처음에는 미처 예상하지 못했던 질문이라 버벅거리기 일쑤였는데 요새는 준비되었다는 듯이 안광복 선생님(중동고 철학 교사)의 책을 추천한다.

소크라테스, 플라톤에서부터 칸트, 헤겔을 지나 하버마스, 푸코에 이르기까지 한 번쯤 들어봤을 서양 철학자들을 정리해보고 싶다면『처음 읽는 서양철학사』(2017년 개정증보판에는 여성 철학자 한나 아렌트도 추가되었다)를. 스파르타와 아테네 이야기부터 춘추전국 시대, 십자군원정, 조선 왕조 500년, 프랑스혁명 등 재미있는 역사 이야기 속에서 철학을 만나고 싶다면『철학, 역사를 만나다』를. 인생과 행복에 대한 질문에 철학자들의 답을 듣고 싶다면『서툰 인생을 위한 철학 수업』을. 이외에도 그가 쓴 모든 책이 누구나 쉽게 철학을 접할 수 있도록 돕는다.

개인적으로 가장 큰 위안을 받은 책은『철학의 진리나무』였다. "1995년, 나에게는 꿈이 없었다"로 시작해 "독자들

도 '철학함의 축복'을 받기를 바란다"로 끝나는 프롤로그
는 비전 없는 인문학도에서 문제 교사로, 문제 교사에서 철
학을 '치료제'로 학생들과 노니는 임상 철학자로 거듭난 저
자 본인의 이야기를 전하며 "아마추어 철학자가 진짜 철학
자다!"라고 외친다. 책에서 이야기하는 대로 "공자는 '정
치 컨설턴트'였고, 토마스 아퀴나스는 교회의 신부였으며,
마르크스는 잡지사 편집장이었다. J. S. 밀은 동인도회사에
평생을 월급쟁이로 보냈"다. '전업 철학자'가 아닌 내 일상
에서 내 문제로 철학함을 즐기는 '아마추어 철학자'라니!
이 얼마나 매력적인 타이틀인가!

총 쏘기 적합하지 않은 사람

"수고했다."

병무청 신체 검사에서 5급 판정을 받고 전화로 소식을 전했을 때 아버지께서 하신 말씀이다. 아주 평범한 이 말이 아직까지도 강렬한 기억으로 남아 있다. 별 뜻 없는 의례적 인사말일 수도, 그저 그날 하루 신체 검사 받느라 수고했다는 말일 수도 있다. 하지만 내게는 태어나서 그날까지 고생 많았다는 의미로 들렸다. 마치 군대 면제를 위해 20년간 불편한 몸으로 지냈고 드디어 합격(?) 소식을 받았구나, 너를 그렇게 낳아 미안하지만 군대를 가지 않아도 되니 정말 다행이다 하는 느낌이었다. 너무 오버 아닌가 싶지만, 실제로 그날 받은 이 느낌은 당시 이 말을 듣던 공중전화 박스 안의 정경과 함께 20년이 지난 지금까지도 생생하다.

나는 태어날 때 양손 모두 엄지와 새끼손가락을 제외한 가운데 세 손가락씩이 붙어 있었다. 어릴 때 몇 차례 수술을 통해 손가락 개수는 각각 다섯 개로 맞췄지만, 해당 손가락의 마디는 평범한 사람에 비해 한두 개씩 부족하다. 특히 오른손 검지나 중지, 약지로는 방아쇠를 당기기가 어렵다. 그래서인지 신검 때 양손 엑스레이를 한번 찍는 것으로 쉽게(?) 5급 판정이 나왔다. 펜을 잡고 글을 쓰거나 젓가락질을 하고 자판을 두드리는 등 일상 생활에서는 별 불편함이 없다. 그저 총을 쏘기에 적합하지 않게 태어났을 뿐.

군대에 가지 않은 것은 개인적으로 다행이었지만, 한편으론 개운치 않은 느낌도 있었다. 공동체 구성원으로서의 의무를 다하지 않았다는 느낌이랄까? 그래서 종종 이런 생각을 했다. 현재의 병역제도 대신 성별이나 장애 여부와 상관없이 각자가 할 수 있는 범위 내에서 공동체를 위한 복무를 할 수 있는 제도가 도입되면 좋겠다. 군대에 적합한 사람은 군대에서 사회복무를 하고 그렇지 않은 사람은 그에 맞게 각종 공공시설에서 일정 기간 일하면 되지 않을까? 그러면 군가산점 문제로 남녀가 서로 얼굴 붉힐 일도 없을 것이고, 나 같은 사람도 굳이 죄책감 같은 것을 느끼지 않아도 될 테니까.

사실 난 정말 운이 좋은 경우다. '총을 쏘기에 적합하지 않음'이 신체적으로 드러나 큰 갈등 없이 군대에 가지 않아도 됐으니 말이다. 『우리는 군대를 거부한다』에서 만난 양심적 병역 거부자들은 '총을 쏘기에 적합하지 않음'이 몸이

책 덕후 아님

아니라 마음에서 드러났다는 차이만으로 감옥에 가야 했다. 군대냐 감옥이냐 하는 갈림길 앞에서 그들이 했을 고민의 흔적도 고스란히 느껴졌다. 그들은 공동체를 위한 복무를 회피하기는커녕 더 강렬하게 원하고 있었다. 다만 총을 쏘고 전쟁을 준비하는 방식이 아닌 다른 길로 복무하고 싶다는 차이만 있을 뿐이다.

양심에 따른 병역 거부자 53인의 소견서를 담은 이 책을 통해 내가 경험한 어떤 문제를 나와는 전혀 다른 위치에서 훨씬 높은 강도로 고민한 이들을 만날 수 있어 반갑고 고마웠다. 어쩌면 그들 덕에 내가 가끔 상상하기만 했던 그 제도가 실제로 도입될지도 모르겠다. 각자의 방식으로 공동체에 기여할 수 있는 사회복무제도의 도입을 기대한다.

한국인에서 동아시아인으로

2016년 7월의 일이다. 진행하던 책 『자이니치의 정신사』의 출간을 앞두고 대만으로 휴가를 떠났다. 책의 출간을 앞두고 휴가를 떠난다는 게 그리 마음 편한 상황은 아니지만, 그렇다고 출간 후 휴가를 가는 것도 쉽지 않은 일이다. 책이 출간되고 나면 언론사와 서점에 도서 홍보에 관한 자료도 보내야 하고 광고 홍보물도 만들어야 하며 보도를 위해 후속 취재를 하려는 기자와 소통도 해야 한다. 경우에 따라 출간 기념회와 독자 행사 등 준비해야 할 일이 무척 많다. 또한 책 한 권 작업을 다하고 나서야 다음 책 작업을 시작하는 게 아니기에, 한 권의 책이 출간되는 시점에는 다음 출간할 책의 중후반부 작업과 만나기 일쑤다. 하여 하나의 프로젝트를 마치고 홀가분하게 떠나는 휴가란 애초에 없으며, 휴가 일정은 출간 일정의 틈을 비집고 알아서 잡아야 한다.

아무튼 윤건차 선생님은 자이니치[在日]로 한국어에 능하셨기 때문에 집필은 일본어로 하셨지만, 마지막 한글 원고를 꼼꼼히 검토하셨다. 덕분에 내게도 시간이 좀 생겼고, 임신 중기를 넘어선 배우자와 함께 휴가를 떠날 수 있었다. 대만은 여러 모로 내게 최적화된 곳이었다. 일본에서 느낀 어떤 세련됨도, 동남아에서 느낀 어떤 여유로움도 있었는데 사람은 중국인이었다고 해야 할까? 거기에 식민 지배와 독재 정권에 얽힌 역사까지.

만족스러운 여행을 마치고 귀국하기 위해 공항으로 향하던 택시 안이었다. 윤건차 선생님께서 전화를 주셨다. 원고 검토 의견과 출간 후 홍보 등에 대한 이야기를 나눈 것으로 기억한다. 전화를 끊고 묘한 쾌감이 들었다. 타이베이의 택시 안에서 교토에 있는 분과 서울의 비즈니스에 대해 이야기 나누고 있다는 어떤 짜릿함. 많은 분께는 이미 일상일지 모르지만, 내게는 그 순간 어떤 벽이 허물어지는 느낌이었다. 국경에 갇혀 살 필요가 없다는 깨달음이랄까? 곧 태어날 아이는 한국인이라는 정체성보다는 지구인이라는 정체성을 갖고 살았으면 하는 생각도 들었다. 몇 년 전 런던에서도 비슷한 생각을 했지만, 그때는 '얼굴이 노랗고 머리가 검은' 지구인이라는 어떤 벽이 느껴졌다. 하지만 타이베이-교토-서울 사이에서는 그런 수식이 필요 없었다. 지구인은 아직 먼 얘기고, '동아시아인'이라는 정체성 정도가 지금 우리에게 필요한 것 아닌가 싶었다.

마침 진행하는 책이 자이니치의 삶을 역사적으로 살펴보는 내용이었다. 그들에게는 이미 '국가'가 없었다. 그렇기에 그간 국가'들' 사이에서 내버려져 온갖 어려움을 겪어야만 했다. 한 국가 차원이 아니라 동아시아 차원의 모순을 한 몸에 안고 살았다. 그렇기에 그 어떤 국가 권력도 이 문제를 진지하게 풀어보겠다 나서지 않았다. 역으로 이들의 문제가 해결되면 동아시아의 '국경'이 가져온 문제들 역시 해결되는 게 아닐까 싶었다. 그래서 이들이야말로 새로운 희망이 아닐까 하는 생각까지 했다. 이들은 내가 그린 미래인 '동아시아인이라는 정체성'으로 이미 과거를 살아온 것일지도 모르니까.

근사하지 않아도, 완벽하지 않아도

책장에서 『하루의 취향』을 꺼내 들다 배우자와 눈이 마주쳤다. "이번에는 이 책으로 쓰려고", "어? 김민철 작가 책은 지난번에 썼잖아?" 늘 무심한 듯해도 집에 『한겨레21』이 도착하면 내 글부터 찾아보던 애독자. 무슨 글 썼는지까지 기억해주니 감사할 따름이다. "그렇긴 한데… 그래도… 좋으니까!"

같은 지면에 『우리 회의나 할까』를 다룬 적이 있지만, 그때는 아직 이 책이 세상에 나오지도 않았고, 무엇보다 나는 이 책이 좋으니까! 그리고 이 작가가 좋으니까!

투고 원고 얘기를 먼저 좀 해야겠다. 투고 원고가 실제로 출간까지 되는 일은 흔치 않기에 그 효율성 측면에서 에너지를 많이 쏟기 힘든 업무지만, 출간까지 이어지지 않는다고 해서 미덕이 없는 것은 아니다. 투고 원고를 검토하다 보면 독자들이 이 출판사에 어떤 기대를 품고 있는지, 또 어떤 트렌드가 유행인지 어렴풋이 알 수 있기 때문이다. 내가 일하는 원더박스에서는 평범한 여성의 성공 스토리라 할 만한 책이 여럿 나오고 또 반응이 좋아서 그런지, 그런 성격의 투고가 많이 들어오는 편이다. 그런데 그 메일 속에 심심찮게 등장하는 이름이 김민철이다. 김민철의 글을 좋아하고, 그와 같은 에세이스트가 되고 싶다는 얘기가 유독 많다. 그가 에세이를 펴내고 싶은 20~30대 여성들에게 롤모델이 되어 가고 있구나 짐작할 수 있었다.

그가 '작가'로 발돋움한 것은 북라이프에서 출간된 『낯선 요일의 기록』, 『낯선 요일의 여행』, 『하루의 취향』을 통해서일 것이다. 기억력이 안 좋아 더 치열하게 기록할 수밖에 없었던 한 카피라이터의 일상을 담은 『낯선 요일의 기록』, 그런 그가 좋아하는 '여행'에 대한 낭만적인 이야기 『낯선 요일의 여행』도 무척 매력적이었지만, 내게는 온전히 '김민철'을 드러내는 『하루의 취향』이 가장 좋았다. 앞선 두 책을 읽으며 '부럽다' 혹은 '나도 저렇게 살아야겠다'는 마음이 들었다면, 『하루의 취향』을 통해서는 저자로부터 '이제 우리 함께 이렇게 살아봐요' 하는 응답을 받은 느낌이라고 할까? 내가 투고함에서 인상 깊게 만난 바로 그들에게 따뜻하면서 상투적이지 않은, 꼭 필요한 격려와 응원이 될 것 같았다.

물론 그 격려와 응원은 마흔을 넘어서도 여전히 불안하고 흔들리는 내게도 꼭 필요한 것이었다. "누구나 그럴 것이다. 마음은 매일 흔들리며 어딘가에 닿고, 우리는 그것에 지갑을 열거나 시간을 쏟는다. 그 끝에 우리를 기다리는 것은 때로는 절망, 때로는 후회. 하지만 운 좋게도 몇은 내게 남는다. 내게 꼭 어울리는 형태로. 내게만 꼭 어울리는 색깔로. … 내일 내 마음은 또 어떤 방향으로 흐를지 모르지만, 오늘 하루는 이 취향 덕분에 나다울 수 있었으니까. 근사하지 않아도, 우아하지 않아도, 대단하지 않아도, 완벽하지 않아도 바로 그 취향이 오늘, 가장 나다운 하루를 살게 했으니까."

이 글로 2년 가까이 계속되었던 『한겨레21』 연재가 끝났다. 글을 쓴다는 것에 대해, 책이라는 것에 대해 한번 더 생각해볼 수 있는 귀중한 시간이었다. 그 과정에서 나다운 게 뭔지, 내 취향은 어디를 향하는지에 대해서도 진지하게 살펴볼 수 있었다. 내 좌충우돌 독서기가 읽는 이에게 작은 도움이라도 되었길. 미숙한 편집자에게 소중한 지면을 내어준 『한겨레21』과 이 글을 다듬어 책을 낼 수 있게 이끌어준 yeondoo 김유정 대표님과 부족한 글을 끝까지 읽어주신 독자님들께 깊은 감사의 마음을 전한다.

책 덕후 아님

산다 | 출판 편집자
책 덕후 아님

초판 1쇄 발행 2021년 12월 6일

지은이   정회엽

편집   김유정
디자인   문유진

펴낸이   김유정
펴낸곳   yeondoo
등록   2017년 5월 22일 제300-2017-69호
주소   서울시 종로구 부암동 208-13
팩스   02-6338-7580
메일   11lily@daum.net

ISBN   979-11-91840-22-3 03810